날개

날개

미하일 쿠즈민 지음
이종현 옮김

차 례

일러두기

1. 모든 주석은 옮긴이주로 직접 조사하여 작성하거나 1999년 모스크바에서 출간된, 총 세 권으로 구성된 쿠즈민 산문집 중 제1권(Кузмин М. Проза и эссеистика:В 3-х т. Т. 1. Проза 1906-1912 гг. / Сост. и коммент. Е.Г. Домогацкой, Е.А. Певак; Вступ. ст. Е.А. Певак. М.: "Аграф", 1999)의 주석을 참고했다.
2. 1906년 잡지 〈천칭자리Весы〉 11호에 전재된 작품을 주 번역 저본으로 삼았고, 두 가지 판본의 영역본(Mikhail Kuzmin, *Wings: Prose and Poetry*, trans. by Neil Granoien and Michael Green, Ann Arbor, MI: Ardis, 1972; Mikhail Kuzmin, *Wings*, trans. by Hugh Aplin, London: Hesperus Press, 2007)을 참고했다.

등장인물 소개

주요 인물

이반 페트로비치 스무로프 애칭은 바냐, 이바누시카, 바네치카.

라리온 드미트리예비치 시트루프 부유한 미남 영국인.

다니일 이바노비치 바냐의 그리스어 선생.

이다 파블로브나 골베르크 한쪽 다리를 저는 부유하고 교양 있는 음악가.

표도르 바실리예비치 솔로비요프 농민 출신의 세신사.

페테르부르크의 카잔스키 일가

알렉세이 바실리예비치 카잔스키 바냐의 삼촌.

안나 니콜라예브나 카잔스카야 알렉세이 바실리예비치의 부인. 애칭은 아네타.

나타 바냐의 사촌누나이자 알렉세이 바실리예비치와 안나 니콜라예브나의 딸. 나타는 애칭. 이름과 부칭은 나탈리야 알렉세예브나.

코카와 보바 바냐의 사촌형제이자 나타의 형제들.

콘스탄틴 바실리예비치 카잔스키 알렉세이 바실리예비치의 동생. 애칭은 코스탸.

바실수르스크의 구교도 소로킨 일가

이반 오시포비치 소로킨 목재상.

아리나 드미트리예브나 이반 오시포비치의 부인.

마리야 드미트리예브나 아리나 드미트리예브나의 동생.

사샤 소로킨 이반 오시포비치와 아리나 드미트리예브나의 아들.

프로호르 니키티치 소로킨 소로킨 집안의 어르신.

세르게이 소로킨 집안 가게의 점원. 애칭은 세료자, 세료시카.

로마에서 만난 사람들

우고 오르시니 로마의 음악가.

모리 의전 사제. 평상시에는 몬시뇰로 불린다.

세료자 러시아 출신의 화가. 성은 알려져 있지 않음.

안나 블론스카야 이탈리아에 사는 러시아 출신의 숙녀.

베로니카 치보 마성의 매력을 지닌 여성.

마담 모니에 피에솔레의 빌라에 사는 탐미주의자. 화가.

기타 인물들

니콜라이 이바노비치 스무로프 바냐의 사촌형.

니콜라예프, 시필렙스키 바냐의 동급생들.

시페이에르 자매 안나 니콜라예브나의 지인들.

1 부

어느 이른 아침 한가한 기차 안, 사위가 점점 밝아오고 있었다. 습기 찬 창문 너머로 팔월 말인데도 여전히 독기를 품은 듯 눈부시게 푸른 풀과 축축하게 젖은 길, 건널목의 닫힌 횡목 앞에서 우유를 파는 아낙들의 수레, 경비 초소, 색색의 양산을 쓰고 산책하는 다차*촌 부인들이 보였다. 연이어 나타나는 똑같이 생긴 정거장마다 서류가방을 든 토박이 승객들이 객차에 올랐고, 기차니 먼 여행길이니 하는 것은 그들에게 새로운 시대의 일도 아니거니와 삶의 특별한 사건도 아닌 평범한 일상의 일부라는 점이 분명했다. 니콜라이 이바노비치 스무로프와 바냐가 앉아 있는 좌석은 모든 객차 중에서 가장 무게감 있고 중요한 곳으

* 도시에 사는 러시아인들이 장기간의 여름휴가나 휴일을 보내는 교외의 별장. 텃밭이 있어 채소나 꽃을 기르기도 한다.

로 보였다. 단단히 묶어놓은 트렁크, 벨트가 둘러진 쿠션들. 그리고 유행 지난 가방을 어깨에 메고 반대편에 앉아 있는 긴 머리의 노신사. 이 모든 것은 계속 이어질 여행길에 대해, 그다지 익숙하지 않은, 그래서 오히려 전대미문의 사건이 될 여행에 대해 말해주고 있었다.

기관차에서 뭉게뭉게 피어오르는 증기 사이로 얼룽덜룽 아른거리는 불그스레한 햇살과 곤히 잠든 니콜라이 이바노비치의 얼빠진 얼굴을 바라보며 바냐는 이 사촌형이라는 사람의 새된 목소리를 떠올렸다. 그는 이제는 아주 멀어진 '집'이라는 곳의 현관에서 바냐에게 이렇게 말했다. "너희 어머니가 남긴 돈도 이제 남아 있지 않다. 너도 알다시피 우리는 부자가 아니잖니. 하지만 나는 어디까지나 네 사촌이니만큼 너를 도우려고 한다. 너는 어차피 학업을 계속해야 하기도 하고 나도 내가 살고 있는 집에 너를 데리고 살 수 없으니 너를 네 삼촌인 알렉세이 바실리예비치에게 맡기고 종종 방문하겠다. 그 집은 활기가 넘칠 뿐 아니라 도움이 되는 사람들도 많이 만날 수 있는 곳이니까. 너도 노력해라. 나와 나타샤도 너를 데리고 살고 싶지만 그럴 형편이 전혀 못 된다. 그리고 너도 카잔스키 삼촌 댁에서 사는 편이 훨씬 즐거울 거야. 그 집에는 언제나 젊은이들이 드나드니까. 네 생활비는 내가 대겠다. 나중에 서로의 몫을 분배하게 되면 네가 빚진 것을 제해주마." 바냐는 현관의 창가에 앉아 궤짝의 모서리 위를, 그리고 니콜라이 이바노비치가 입은 연보라색과 회색이 섞인 줄무늬 바지와 페인트 칠한 바닥을 비추는 햇빛을 바라보았다. 바냐는 죽어가던 어머니의 모습과 남이나 다름없다가 갑자기 이상할 정도로 살갑게 구는 집안 여자 어른들이 북적이던 집과 신경써야 할 이런저런 일들과 추도식, 장례식, 그리고 이 모든 것들이 끝나자 갑자기 찾아온 공허함과 황량함을 떠올리면서, 니콜라이 이바노비치가 하는 말의 의미를 애써 파악하려 하지도, 그를 바라보지도 않은 채 기계적으로 대답했다. "네, 콜랴 삼촌." 니콜라이 이바노비치는 삼촌이 아니라 사촌형이었는데도 말이다.

어쨌든 지금 그에겐 전혀 낯선 이 사람과 단둘이 어딘가로 가는 것이, 이렇게 오랫동안 그와 가깝게 있는 것이, 이런저런 일들에 대해 이야기를 나누는 것이, 또 앞으로의 계획을 세우는 것이 이상하게 여겨졌다. 그리고 예전부터 알고는 있었지만, 페테르부르크로 들어갈 때마다 개선문을 통과해 눈부신 태양 아래 군악이 울려퍼지는 가운데 궁전들과 커다란 건물들이 죽 늘어선 번화한 중심지로 곧장 들어가지 않는다는 것이 실망스러웠다. 잿빛 울타리, 저 멀리 낭만주의 작품에나 나올 법한 숲처럼 보이는 공동묘지, 다 쓰러져가는 목조 오두막 사이에 서 있는 음습한 6층짜리 노동자 주택들 너머로, 연기와 그을음 너머로 길게 뻗어 있는 채소밭만 보이는 풍경이 실망스러웠다. '그래, 이게 페테르부르크다!' 실망감과 호기심이 뒤섞인 바냐의 눈에 짐꾼들의 무뚝뚝한 얼굴이 들어왔다.

"코스탸, 다 읽었어요? 나도 좀 볼 수 있을까요?" 안나 니콜라예브나가 탁자에서 일어나 아침나절부터 싸구려 반지를 낀 기다란 손가락들로 콘스탄틴 바실리예비치에게서 러시아 신문 한 뭉치를 건네받았다.

"자, 여기. 재밌는 게 하나도 없네요."

"우리나라 신문들에서 재밌을 게 뭐 있겠어요? 외국이라면 몰라도! 거기선 소송도 불사하면서 모든 것에 책임지고 무엇이든 쓸 수 있잖아요. 우리나라엔 끔찍한 구석이 있다니까요. 도대체 뭘 믿어야 할지 알 수가 없잖아요. 정부에서 내는 보고서나 공식 발표 같은 것들도 믿을 수 없거나 형편없어요. 공금 횡령 말고는 내부 사정에 대한 소식이 아무것도 없고. 특파원들이 퍼뜨리는 소문들뿐이지!"

"외국에도 마찬가지로 선정적인 소문들밖에 없는 걸요. 게다가 거짓을 퍼뜨려도 법적으로 책임지지도 않고."

코카와 보바는 숟가락으로 유리잔 속을 하릴없이 휘저

으며 질 나쁜 버터를 빵에 바르고 있었다.

"나타, 오늘은 어디 가? 일이 많니?" 안나 니콜라예브나가 약간 꾸며낸 말투로 물었다.

얼굴은 주근깨투성이에 천박하다 싶을 정도로 입술을 뿌루퉁하게 내밀고 머리칼은 불그죽죽한 나타가 흰 빵을 가득 입에 문 채 뭐라고 대답했다. 코스탸 삼촌, 그러니까 수상한 클럽에서 계산원으로 일하다 돈을 슬쩍해 징역을 살고 나온 뒤로 살 곳도 일할 곳도 없이 형의 집에 얹혀살고 있는 코스탸 삼촌은 횡령 이야기에 당황했다.

"이제 다들 깨어나고 있는 거야. 새로운 세력들이 탄생하고, 모든 것이 잠에서 깨어나고 있어." 알렉세이 바실리예비치가 열을 올렸다.

"나는 다들 깨어나고 있다는 말에 찬성하지 않아. 예를 들면 난 잠들어 있는 소냐네 이모*가 더 좋아."

어중이떠중이 대학생들과 재킷 차림의 젊은이들이 신문에서 퍼올린, 방금 있었던 경마에 대한 인상평을 주고받으러 집 안에 몰려왔다가는 빠져나갔다. 코스탸 삼촌이 보드카를 청했다. 벌써 모자를 쓴 안나 니콜라예브나는 장갑을 손에 끼우면서 코스탸 삼촌을 향해 눈을 흘기고는

* 러시아어 '손(сон)'은 꿈 또는 잠을 뜻하고 구어로 '소냐(соня)'는 잠꾸러기를 뜻한다. 이를 활용해 말장난을 하는 것으로 보인다.

전시회에 대해 이야기했다. 살짝 떠는 손으로 잔을 채우던 코스탸 삼촌이 선량해 뵈는 불그레한 눈알을 굴리며 말했다. "나의 친구들이여, 마침내 파업이야. 이게 무엇인지 알겠나, 알겠느냐고……"

"라리온 드미트리예비치께서 오셨습니다!" 하녀가 종종걸음으로 부엌에 들어와 잔들이 담긴 쟁반과 구겨지고 더러워진 식탁보를 치우며 알렸다.

바냐는 서 있던 창가에서 몸을 돌렸고, 헐렁한 옷을 걸친 채 문으로 들어오는 매우 낯익은, 훤칠한 실루엣을 보았다. 라리온 드미트리예비치 시트루프였다.

언제부터인가 바냐는 머리를 단정히 빗고 몸단장에 신경쓰게 되었다. 그는 벽에 걸린 작은 거울에 자신의 모습을 비춰보며 썩 평범하다 싶은 둥근 얼굴과 붉은 뺨, 커다란 회색 눈, 아름답지만 아직은 아이처럼 뿌루퉁한 입, 그리고 짧게 깎지 않아 살짝 곱슬거리는 밝은 색의 머리칼을 무심히 바라보았다. 가느다란 눈썹에 검은 블라우스를 입은 이 호리호리한 소년이 마음에 드는 것도 들지 않는 것도 아니었다. 창문 너머로 바닥에 깔린 판석들이 흠뻑 젖은 마당, 맞은편 건물의 창문들, 성냥을 파는 행상들이 보였다. 축일이었고 다들 아직 자고 있었다. 습관대로 일

찍 일어난 바냐는 창가에 앉아 가까운 예배당의 종소리와 옆방에서 하녀들이 청소하면서 바스락거리는 소리를 들으며 차를 기다렸다. 그는 그곳, 오래된 지방 소도시에 있는 '집'에서 보낸 축일 아침, 모슬린 커튼이 창문에 드리워져 있고 이콘 앞에 작은 현수등을 밝혀놓은 깨끗한 방들, 오전 예배, 점심으로 나온 피로크*, 그밖에 소박하고 밝고 사랑스러웠던 모든 것을 떠올렸고, 그러자 비 오는 날씨, 마당에서 울리는 손잡이풍금 소리, 아침에 차를 마시며 보는 신문, 엉망진창에 불편하기만 한 생활, 어두운 방들이 못 견디게 지겨워졌다.

가끔 바냐에게 들르곤 했던 콘스탄틴 바실리예비치가 방문 안을 들여다보았다.

"바냐, 혼자니?"

"네, 코스탸 삼촌. 안녕하세요! 무슨 일이세요?"

"아무것도 아니다. 차 기다리니?"

"네. 숙모께서는 아직 안 일어나셨어요?"

"일어났는데 나오지 않는구나. 화가 난 것 같아, 아마 돈이 없어서겠지. 그럴 때 보이는 첫 신호가 두 시간 동안 침실에서 나오지 않는 거거든. 그러면 돈이 없다는 뜻이란다. 뭐 어쩌겠니? 어쨌든 밖으로 기어나올 수밖에 없을 거다."

* 고기나 버섯, 파, 과일 따위를 소로 넣어서 만드는 커다란 러시아식 파이.

"알렉세이 바실리예비치 삼촌은 돈을 많이 버시나요? 모르세요?"

"벌 만큼은 번다. 그런데 '많다'는 게 무슨 뜻이냐? 사람한테 돈이란 결코 충분한 법이 없단다."

콘스탄틴 바실리예비치는 한숨을 쉬더니 침묵했다. 바냐도 창문을 바라보며 침묵했다.

"이바누시카, 네게 물어보고 싶은 게 있다만," 콘스탄틴 바실리예비치가 다시 입을 열었다. "혹시 너한테 수요일까지 여윳돈이 좀 있을까? 수요일에 바로 돌려주마."

"제가 무슨 돈이 있겠어요? 당연히 없죠."

"무슨 돈이냐니? 혹시 누가 줄 수도 있잖니……"

"삼촌, 무슨 말씀이세요! 누가 저한테 돈을 주겠어요?"

"그럼 정말 없다는 거구나?"

"없어요."

"거참 큰일이네!"

"얼마가 필요하신데요?"

"얼마 안 돼, 5루블 정도. 정말 얼마 안 필요해." 콘스탄틴 바실리예비치는 다시 생기를 띠었다. "혹시 그 정도 구할 수 있을까? 딱 수요일까지만?"

"저한테 5루블씩이나 되는 돈은 없어요."

콘스탄틴 바실리예비치는 실망했다는 듯, 그러나 또 교

활한 표정으로 바냐를 바라보다가 침묵했다. 바냐는 더 슬퍼졌다.

"이를 어쩌나? 아직 비가 오는구나…… 그럼 이바누시카, 제발 나를 위해서 라리온 드미트리예비치한테 돈 좀 부탁할 수 있을까?"

"시트루프 씨한테요?"

"그래, 우리 강아지가 한 번만 부탁해봐다오."

"왜 삼촌이 직접 부탁하시지 않으시는데요?"

"그가 나한테는 돈을 안 줄 거다."

"왜 삼촌한테는 안 주고 저한테는 주는 거죠?"

"너한테는 꼭 줄 거다, 우리 강아지, 이 삼촌을 믿으렴. 제발, 나를 위한 돈이라고는 말하지 말아다오. 네가 필요하다고 하면서 20루블만 부탁해줘."

"5루블이면 된다고 하셨잖아요?"

"얼마를 부탁하든 마찬가지 아니겠니? 제발 부탁이다, 바냐!"

"알겠어요. 혹시 저한테 돈이 왜 필요하냐고 물으면 어떡하죠?"

"그는 물어보지 않을 거다, 꾀바른 사람이거든."

"꼭 삼촌이 직접 돈을 돌려주셔야 해요, 그렇게 하실 거죠?"

"반드시 그렇게 하마, 꼭……"

"그런데, 삼촌, 왜 시트루프 씨가 저한테 돈을 줄 거라고 생각하세요?"

"그냥 그런 생각이 드니까!"

그리고 콘스탄틴 바실리예비치는 당황스러우면서도 만족한 듯 미소 지으며 까치발로 방을 나갔다. 바냐는 뒤를 돌아보지도, 젖은 마당을 보지도 않은 채 한참을 창가에 서 있었고, 차를 마시라고 부르는 소리가 들리자 식당에 들어서기에 앞서 거울에 비친 자신의 붉어진 얼굴, 회색 눈, 가느다란 눈썹을 한 번 더 바라보았다.

그리스어 수업에서 니콜라예프와 시필렙스키는 항상 앞쪽 걸상에 앉아 꼼지락거리고 킥킥거리며 바냐의 정신을 흩뜨렸다. 방학이 얼마 남지 않자 수업은 대충대충 흘러갔고, 몸집이 작은 초로의 선생은 다리를 꼬고 앉아 숙제에 대해서는 묻지도 않으며 그리스인의 삶에 대해 이야기했다. 활짝 열린 창문 너머로 녹음이 짙어가는 나무들의 우듬지와 붉은 건물이 보였다. 바냐는 페테르부르크를 벗어나 야외로, 어딘가 먼 곳으로 가고 싶었다. 문과 창문에 달린 구리 손잡이, 타구唾具, 말끔히 닦아놓은 물건들, 벽에 걸린 지도, 칠판, 종이를 보관하는 노란 상자, 바싹 깎

앉았거나 곱슬거리는 친구들의 뒤통수가 견딜 수 없게 느껴졌다.

"밀고자, 스파이를 뜻하는 '시코판트'*는 말 그대로 무화과를 보여주는 사람들이라는 뜻입니다. 아티카에서 무화과 반출에 벌금을 매겼던 시절, 이 사람들, 우리 식으로 말하자면 협박범들은 용의자에게 위협의 표시로 무화과를 망토 아래로 슬쩍 보여줬지요. 그러니까 용의자가 매수되지 않는 경우에 말이죠……" 그리고 다니일 이바노비치는 교단에서 내려오지 않은 채 밀고자와 용의자가 하듯 망토 아래로 무화과를 보여주는 시늉을 했다. 그러고서 자리에서 내려와 교실을 이리저리 다니며 뭔가를 우려하듯 반복해서 말했다. "시코판트…… 그래요, 시코판트…… 제군들, 시코판트는 말입니다." 그러면서 그 단어에 다양한, 그렇지만 예상 밖의 뉘앙스들을 부여했다.

'오늘 시트루프 씨에게 돈을 부탁해야겠다.' 바냐는 창문을 바라보며 생각했다.

시필렙스키가 마침내 얼굴이 새빨개져서 걸상에서 일어났다.

"니콜라예프가 자꾸 제게 치근댑니다!"

* 그리스어에서 온 말로 sykon은 '무화과'를, phaino는 '보여주다', '드러내다'를 뜻한다.

"니콜라예프 군, 자네는 왜 시필렙스키에게 치근대는가?"

"치근대지 않았는데요."

"그럼 뭘 하고 있는 건가?"

"그저 간지럽혔습니다."

"앉게, 시필렙스키 군, 단어를 보다 정확하게 사용하도록. 자네가 여자가 아니라는 점을 염두에 둔다면 이미 몸이 성숙한 데다 세상의 통념을 따르는 니콜라예프 군은 자네에게 치근댈 리 없으니까 말이야."

"그럼 문제를 이렇게 생각해볼까. 일을 하고 싶으면 하고, 하기 싫으면 하지 마!" 안나 니콜라예브나는 마치 온 세상이 그녀가 문제를 다루는 방식에 지대한 관심이 있다는 듯 선언조로 말했다. 좌식 욕조, 해수욕용 안락의자, 종이 담는 상자 모양으로 멋부린 가구들이 이리저리 놓여 있는 응접실은 네 여자의 목소리로 시끄러웠다. 안나 니콜라예브나, 나타, 그리고 둘 다 화가인 시페이에르 자매였다.

"이 장롱 정말 근사하네요, 근데 긴 의자는 별로 끌리지 않아요. 나라면 장롱이 훨씬 좋겠어요."

"그래도 앉을 수 있는 가구가 하나는 있어야 하지 않을까요?"

"하녀들이 일이 산더미 같다고 다들 투정부리고 있어

요. 그러면서도 우리보다 더 많이 놀러 다닌다니까요! 가끔 내가 낮에 외출을 안 할 때면 우리 안누시카는 도대체 몇 번이나 가게에 다녀오는지 모르겠어요. 사러 다녀오실 게 어찌나 많은지, 빵이며 장화며. 또 사교 관계는 얼마나 넓으신지. 나는 불평하기 좋아하는 사람들의 말은 상당히 과장되어 있다고 생각해요."

"글쎄 말이죠, 그가 저런 분위기를 풍기며 자세를 취하고 있으면 여학생들이 가까이 앉기 얼마나 두려워하겠어요. 게다가 그는 정말 흥미로운 사람이에요. 뮌헨에서 온 러시아 집시라니까요. 김나지움도 다녔고, 발레도 했고, 미술 전문 모델도 했대요. 그가 슈투크*에 대해 얼마나 재미있고 자세하게 이야기하던지요."

"분홍색 스카프에 이건 너무 튀지 않을까요. 나라면 연한 녹색을 고를 텐데."

"그건 시트루프 씨에게 물어봐야겠어요."

"그런데 시트루프 그분은 어제 떠나셨어요, 이 딱한 분들아!" 언니 시페이에르가 외쳤다.

"뭐라고요, 시트루프 씨가 떠났다고요? 어디로요? 왜?"

* 프란츠 폰 슈투크(Franz von Stuck, 1863-1928). 독일의 화가이자 조각가. 독일어권 아르누보 양식인 유겐트슈틸의 선구자로서 니체의 정신에 입각해 개인주의적 예술의 이념을 설파했다.

"글쎄요, 그건 말씀드리지 못하겠네요. 통상 그렇듯 그런 건 비밀이니까요."

"누구한테 들으셨어요?"

"그분에게서 직접 들었어요. 두세 주 정도 떠나 있는다고 하더군요."

"그럼 뭐 그렇게 대단히 끔찍한 일은 아니네요!"

"그리고 오늘 바냐 스무로프가 시트루프 씨께서 우리 집에 언제 오시는지 묻더군요."

"그 애는 무슨 일로요?"

"모르겠어요, 용건이 있나보죠."

"바냐가 시트루프 씨한테요? 그것 참 신기한 일이네요!"

"자, 나타, 이제 갈 시간이야, 그리고," 안나 니콜라예브나가 뭐라고 지저귀려 하자 나머지 두 부인은 치마를 바스락거리며 물러났다. 지금 자신들이 번역본으로 읽은 프레보와 오네의 소설들에 나오는 사교계 귀부인들과 꼭 닮았다고 생각하면서.

4월이 되자 다차 문제가 생겼다. 알렉세이 바실리예비치는 꽤 자주, 그러니까 거의 매일 시내에 나가야 했다. 코카와 보바도 그랬고, 볼가 강변에서 머무르겠다는 안나 니콜라예브나와 나타의 계획은 공중에 떠버렸다. 그들은 테리요키와 세스트로레츠크 중 어디가 좋을지 갈팡질팡 했지만, 한편으로는 다차를 어디로 할지와는 상관없이 모두들 여름에 입을 옷에 신경쓰고 있었다. 활짝 열린 창문으로 먼지가 날아들어왔고 말 타고 다니는 소리와 철도마차의 방울 소리가 들렸다.

바냐는 숙제도 하고 책도 읽을 겸 종종 여름정원*에 갔다. 키가 더 자란 그는 봄볕에 더 창백해 보였다. 그는 마르스 광장 쪽으로 난 길 끄트머리에 앉아 토이브너 출판사에서 나온 작은 책**을 노란색과 분홍색이 섞인 겉표지가 위로 가게 엎어놓고는 한가로이 정원을 거니는 사람들과 레바지야 수로*** 쪽을 바라보았다. 정원의 다른 쪽 끝으로부터 크릴롭스카야 광장****에서 노는 아이들의 웃음소리가 실려오는 바람에 바냐는 이쪽으로 다가오는 시트루

* 페테르부르크 중심부에 있는 공원. 대리석 조각상들이 늘어서 있는 가로수길로 유명하다.

** 베네딕투스 고트헬프 토이브너(Benedictus Gotthelf Teubner, 1784-1856)가 라이프치히에서 출판하기 시작한 〈Bibliotheca Teubneriana〉를 가리킨다. 고대 그리스·로마 고전들의 가장 철저한 비평본으로 정평이 나 있다.

*** 여름정원을 끼고 네바 강과 모이카 강을 이어주는 수로.

**** 구체적으로 이런 지명은 없지만 여름정원에서 네바 강에 가까운 쪽에 있는 크릴로프 동상 주변의 공터를 가리키는 것으로 보인다. 이반 안드레예비치 크릴로프(И. А. Крылов, 1769-1844)는 러시아의 유명한 우화 시인이다.

프의 발밑에 모래가 사박거리는 소리를 미처 듣지 못했다.

"공부하고 있습니까?" 바냐는 그냥 인사차 고개만 끄덕여야겠다고 생각했지만 그가 옆으로 와 벤치에 앉았다.

"네, 공부하고 있어요. 얼마나 지겨운지 몰라요. 아주 끔찍해요……!"

"뭔가요, 호메로스인가요?"

"네. 그리스어는 특히나 더 지겨워요!"

"그리스어를 안 좋아하나요?"

"도대체 누가 그리스어를 좋아하겠어요?" 바냐가 미소를 지으며 대답했다.

"참 안됐군요!"

"뭐가요?"

"당신이 언어를 좋아하지 않는다는 것 말입니다."

"요즘 사람들이 쓰는 언어는 괜찮아요, 좋아해요. 무엇이든 읽을 수 있어요. 하지만 누가 구닥다리 작가들이 그리스어로 쓴 걸 읽겠어요, 고릿적 말들로 쓴 것들이잖아요?"

"바냐, 당신은 아직 많이 어리군요. 세계 전체가, 아주 다양한 세계들이 당신에게는 닫혀 있어요. 아름다움의 세계는 더더욱 그렇고요. 이 아름다움의 세계는 알아야 할 뿐만 아니라 사랑해야 할 것이에요. 모든 교양의 바탕이니까요."

"번역으로 읽으면 되지, 왜 많은 시간을 들여 문법을 공부해야 하죠?”

시트루프는 무한한 연민이 담긴 눈으로 바냐를 바라보았다.

“살과 피로 이루어진 인간, 웃을 줄도 찡그릴 줄도 아는 인간, 사랑하고 입맞추고 증오할 수 있는 인간, 혈관에 흐르는 피가 살갗에 비쳐 보이는 인간, 벗은 몸의 자연스럽고 우아한 아름다움이 깃든 인간 대신에 수공업자의 손으로 만들어진 영혼 없는 인형을 갖는 것, 그것이 바로 번역입니다. 사실 문법의 기초를 익히는 데는 많은 시간이 들지 않아요. 그저 읽고, 읽고, 또 읽으면 되죠. 모든 단어를 사전에서 찾아보면서, 그러니까 숲속의 덤불을 헤쳐나가며 읽다보면 지금까지 경험하지 못한 즐거움을 얻게 될 겁니다. 바냐, 내 생각에 이미 당신에게는 완전히 새로운 인간이 될 씨앗이 있어요.”

바냐는 불만스러운 듯 말없이 있었다.

“당신의 환경은 좋지 않아요. 하지만 이 점이 오히려 전통적 삶의 모든 편견들을 없애주어서 당신을 더 훌륭하게 만들어줄 것이고, 원하기만 한다면 당신은 정말로 현대적인 인간이 될 수 있을 거예요.” 잠시 침묵하던 시트루프가 덧붙였다.

“전 모르겠어요. 그저 모든 것에서 벗어나 어딘가로 떠나고 싶을 뿐이에요. 김나지움, 호메로스, 안나 니콜라예브나. 모두로부터요."

"자연의 품으로 말입니까?"

"바로 그거예요."

"하지만 우리 친애하는 친구, 자연의 품에서 산다면 맛좋은 것도 더 많이 먹고 우유도 마시고 멱도 감게 되겠죠. 아무 일도 하지 않으면서 아주 소박하게요. 그러나 모든 향락이 사람을 지치게 하듯 자연을 즐기는 것도 그리스어 문법보다 더 어려울지 모릅니다. 나로서는 말입니다, 막상 도시에서는 자연의 가장 뛰어난 부분인 하늘과 물을 시큰둥하게 바라보면서 자연을 찾겠다며 몽블랑으로 떠나는 사람에게는 신뢰가 가지 않아요. 나는 그가 자연을 사랑한다고 생각하지 않습니다."

코스탸 삼촌은 바냐에게 마차로 데려다주겠다고 했다.

아침부터 후텁지근한 것이 여름이 다가왔음을 느낄 수 있었고, 거리들의 절반은 아직 횡목으로 차단되어 있었다. 코스탸 삼촌은 다리를 쩍 벌린 채 편안한 자세로 프롤룟카*의 사분의 삼을 차지하고 앉았다.

"코스탸 삼촌, 잠깐만 기다려주세요. 신부님이 오셨는지 알아보고 올게요. 만약 안 오셨으면 우선 삼촌 가시는 곳으로 같이 갔다가 전 거기서 걸어갈게요. 학교에 앉아 있는 것보다 그게 나아요. 그래도 되겠죠?"

"너의 그 신부님이 오지 않을 일이라도 있는 거냐?"

"일주일째 아프시거든요."

"아, 그렇구나. 물어보고 오거라."

일 분 뒤 바냐가 나왔고 마부를 돌아 반대편으로 가 콘스탄틴 바실리예비치 옆에 앉았다.

"형제여, 그 라리온 드미트리예비치라는 자는 아마도 우리가 어떤 계획이 있어서 그를 찾는지 알아차린 모양인가 보네. 떠나서 돌아오지 않는 것을 보니."

"지금쯤 시트루프 씨는 돌아왔을 거예요."

"그럼 안나 니콜라예브나한테 들르지 않았을까?"

"그런데 코스탸 삼촌, 그는 어떤 사람이에요?"

"누구 말이냐?"

"라리온 드미트리예비치요."

"시트루프 그 이상도 이하도 아니야. 반은 영국인의 피가 섞여 있고 부자에다 아무 곳에서도 일하지 않으면서 잘살고 있지. 아니 아주 멋지게 살고 있어. 교육도 많이 받았고 책도 많이 읽은 사람이야. 그런 그가 왜 카잔스키 집안에 들락거리는지 당최 모르겠구나."

*　보통 한 마리의 말이 끄는 2인용 무개사륜마차.

"삼촌, 그는 정말 결혼을 안 했나요?"

"그렇고말고. 혹시 나타가 그 사람이 자기한테 빠져 있다고 생각한다면 완전 잘못 짚은 거야. 정말이지 이해가 안 가. 도대체 그가 카잔스키 집안에 무슨 볼일이 있는 건지. 어제는 정말 재미있는 일이 있었단다. 안나 니콜라예브나가 알렉세이랑 제대로 한판 붙었거든."

그들은 다리 위로 폰탄카 강을 건넜다. 양어장에선 농부들이 어망에 걸린 물고기를 끌어올리고 증기선들은 연기를 내뿜었다. 하릴없는 군중은 석조난간에 기대 서 있었다. 아이스크림 장수가 덜그럭거리며 하늘색 수레를 밀고 나갔다.

"얘야, 혹시 시트루프가 돌아왔다는 얘기를 들었거나 그를 직접 본 적이 있는 건 아니지?" 헤어지면서 코스탸 삼촌이 말했다.

"절대로요. 삼촌 말씀대로 안 돌아왔다면 어디서 그를 보겠어요." 바냐가 얼굴이 벌게져서는 대답했다.

"이거 봐라, 날이 덥지 않다고 네 입으로 말해놓고는 아주 얼굴이 새빨개졌구나." 콘스탄틴 바실리예비치의 투실투실한 몸뚱이가 건물 입구로 사라졌다.

'내가 왜 시트루프 씨와 만난 걸 숨겼지?' 바냐는 자신에게도 비밀이란 게 생긴 것에 기뻐하며 생각했다.

교무실은 담배 연기로 자욱했고, 묽은 차가 담긴 유리잔들이 1층의 어두컴컴한 실내에서 옅은 호박색으로 빛났다. 교무실 안에 들어서니 마치 사람들의 형체가 수족관 안에서 움직이는 것처럼 보였다. 탁한 유리창 너머로 퍼붓는 비 때문에 이런 인상이 한층 짙어졌다. 시끄러운 목소리, 찻숟가락이 잔에 부딪는 소리가 교실에서, 또 가깝게는 복도에서 흘러드는 점심시간의 웅성거리는 소리와 한데 섞였다.

"6학년 학생들이 또 오를로프를 괴롭혔다고 하더군요. 그 애는 어째 자신을 지킬 줄 모르나봐요."

"그래요, 2점을 준다고 해도 그 애는 그대로일 겁니다. 그걸로 그 녀석 버릇을 고칠 수 있다고 보십니까?"

"나는 결코 학생을 교정하는 걸 목표로 삼지 않습니다. 지식의 수준을 정확히 평가하려고 노력할 뿐이죠."

"신학교는 고사하고 프랑스 콜레주*의 교과과정만 봐도 우리 학생들은 아주 겁에 질릴 겁니다."

"그렇다 해도 이반 페트로비치는 결코 만족스러워하시지 않겠지요."

* 프랑스를 비롯한 몇몇 프랑스 문화권 국가들의 중등교육기관으로 11세부터 15세까지의 학생들이 수학한다.

"멋졌어요, 아주 멋졌습니다. 어제 이반 페트로비치는 목소리가 아주 훌륭하셨어요."

"당신도 대단하십니다, 킹, 잭 그리고 작은 패 두 개가 있는데도 클로버 작은 놈 하나를 공격하시는군요."

"시필렙스키는 아주 막돼먹은 놈이에요. 왜 그렇게 그 놈 편을 드시는지 모르겠네요."

갑자기 날카로운 테너 톤의 목소리가 모든 목소리를 압도했다. 코안경을 걸치고 희끗희끗한 수염을 쐐기모양으로 기른 체코인 장학관이었다.

"여러분, 제발 통풍구를 잘 관리해달라고 이렇게 또 부탁드리게 만드시는군요. 절대로 실내온도가 14도를 넘어서는 안 됩니다. 통풍이 되어야 환기가 되지요."

교사들은 하나둘씩 사라졌고 텅 빈 교무실에는 그리스어 선생과 잡담하는 국어 선생의 조용한 베이스톤 목소리만 울렸다.

"아주 놀라운 학생들이 들어왔습니다. 여름에, 그러니까 입학시험을 준비시키면서 꽤 많은 것들을 읽어보라고 주었죠. 예를 들면, 〈악마〉* 같은 것을 내줬더니 엑스 아브룹토ex abrupto** 다음과 같이 요약하더군요. '악령은 땅 위를 날다가 소녀를 보았습니다.' 내가 '이 소녀의 이름이 무엇일까'하고 물었죠. 그랬더니 '리자입니다'라고 대답합디다.

내가 '타마라인 것 같은데'라고 고쳐주니 '네, 맞습니다. 타마라입니다'라고 하더군요. 그래서 '그리고?'라고 물었더니 '악령은 그녀와 결혼하고 싶어했는데 그녀의 약혼자가 방해했습니다. 그래서 타타르인들이 타마라의 약혼자를 죽였습니다'라는 대답이 돌아왔습니다. 내가 '그러면 악마는 타마라와 결혼했나?'라고 묻자 '아니요, 천사가 내려가 훼방을 놓았습니다. 그래서 악마는 총각으로 남았고 모든 것을 증오하게 되었습니다'라는 대답이 돌아오더란 말입니다."

"제 생각에는 멋진 대답인데요……"

"루딘***에 대해서는 이런 답안도 있었습니다. '쓸모없는 사람이었다. 끊임없이 지껄이기만 하고 아무것도 하지 않았기 때문이다. 또, 천박한 사람들과 얽혔고 결국 죽임을 당했다.' 그래서 제가 '왜, 자네는 루딘이 참가했다가 죽은 민중운동의 참가자들과 노동자들을 천박한 사람들이라고 생각하나?'라고 묻자 그 학생은 '맞습니다. 그는 진실을 위해 괴로워했습니다'라고 대답하더군요."

"선생님께서는 그 젊은이가 읽은 책에 대해 개인적으로

* 미하일 레르몬토프(М.Ю. Лермонтов, 1814-1841)의 대표적인 낭만주의 서사시. 검열 때문에 그의 생전에는 출간되지 못했다.

** '갑자기'를 뜻하는 라틴어.

*** 이반 투르게네프의 소설 《루딘》의 주인공.

어떻게 생각하는지 공연히 캐셨군요. 수도원이나 발달한 거의 모든 도그마들과 마찬가지로, 군대도 수많은 현상과 개념들에 이미 준비된 명약관화한 대답을 내놓기 때문에 사람들을 무척이나 매혹시키죠. 이것이 연약한 사람들에게는 엄청난 버팀목이 되어줘서 그들은 윤리적 창조성을 박탈당한 채 매우 쉽게 삶을 살아가고요."

복도에서는 바냐가 다니일 이바노비치를 기다리고 있었다.

"스무로프 군, 무슨 일이신가?"

"다니일 이바노비치, 선생님과 개인적으로 이야기를 나누고자 찾아왔습니다."

"무엇에 관해서?"

"그리스어에 관해서요."

"좋은 성적을 받지 못했는가?"

"아닙니다. 3점 플러스를 받았습니다."

"그럼 무엇이 문제인가?"

"성적이 문제가 아닙니다. 그저 선생님과 그리스어에 대해서 이야기를 나누고 싶습니다. 다니일 이바노비치, 제가 댁으로 찾아가도 괜찮을지요?"

"암, 물론, 얼마든지. 내 주소는 알고 있겠지. 성적도 훌륭한 학생이, 그것도 그리스어에 대해서 개인적으로 이야기 나누기를 원한다면 더없이 환영이네. 난 혼자 지내고 있고, 일곱 시부터 열한 시까지 방문을 받을 수 있네."

카펫이 깔린 계단을 올라가기 시작하던 다니일 이바노비치가 잠깐 멈추더니 바냐에게 외쳤다. "스무로프, 더 늦어서는 안 되네. 열한 시가 넘으면 집에 있긴 하지만 잠자리에 들어서 아주 사적인 것들에 대한 설명들만 가능할 테니까. 그 설명들은 딱히 자네에게 필요하지 않을 거고 말이야."

바냐는 여름정원에서 시트루프를 여러 차례 마주쳤고, 어느새 자신도 모르게 언제나 같은 가로수길에 앉아 그를 기다리게 되었다. 그러다가 그를 만나지 못하면 일부러 굼뜬 기색으로, 가볍게 자리를 뜨면서도 시트루프와 비슷한 남성들의 몸매를 유심히 바라보았다. 어느 날 여느 때와 다름없이 기다리던 그는 정원에서 한 번도 가본 적 없는 쪽을 둘러보다가 투주르카* 위에 입은 외투의 앞섶을 풀어헤친 채 나오는 코카를 마주쳤다.

"이반, 여기서 만나게 되다니! 산책 중이니?"

"응, 난 여기 자주 와. 넌 어쩐 일로?"

* '항상, 언제나'를 뜻하는 불어 '투주르(toujours)'에서 온 러시아어로 더블 버튼이 달린 재킷을 가리킨다.

"왜 널 한 번도 못 봤지? 다른 쪽에 앉아 있었던 거야?"

"때에 따라 다르지."

"난 여기 올 때마다 시트루프 씨를 마주쳐서 의심까지 하고 있던 참이야. 그나 나나 같은 이유로 여기로 오는 건 아닌가 하고."

"그렇다면 시트루프 씨가 여기 왔다는 거야?"

"얼마 전에. 나타랑 모두 다 알고 있는걸. 아무리 나타가 멍청하다지만 우리 식구가 보잘 것 없는 족속이라는 듯 그가 우리 집에 안 나타나는 건 정말 뭣 같아."

"근데 여기서 나타 얘기가 왜 나와?"

"나타가 시트루프를 꼬시려고 하거든, 완전 헛짓이지만. 그는 절대 결혼 안 할 거야. 나타랑은 더욱더 안 하지. 내가 보기에 그는 이다 골베르크라는 여자와 아름다움에 대한 대화만 나누는 것 같더라고. 내가 괜히 불안에 떠는 걸지도 모르지만."

"정말 불안한 거야?"

"그럼, 난 사랑에 빠졌거든!" 이 일에 대해 잘 모르는 바냐와 이야기하고 있다는 것을 잊은 채 코카는 신이 나서 말했다. "정말 멋진 아가씨야, 교양도 있고, 음악가에다 미인이고 또 얼마나 부자인지! 한 가지 안타까운 건 절름발이라는 거야. 이렇게 여기에 만날 오는 건 그녀를 보기 위해서지. 그녀는 세 시부터 네 시까지 여기서 산책을 하거든. 근데 시트루프도 같은 이유로 여기 오는 건 아닌지 모르겠어."

"정말 시트루프 씨도 그녀에게 빠진 거야?

"시트루프가? 잠깐, 아탕데*, 그는 그런 일에 코를 들이밀지 않아! 그는 그녀와 대화만 나눌 뿐이야, 그녀는 그 앞에선 무릎을 꿇다시피 하지만. 시트루프의 사랑에 관해서라면 그건 완전 다른 얘기야. 완전히 달라."

"너 화가 단단히 났구나, 코카!……"

"멍청한 소리!……"

그들이 빨간 제라늄을 심어놓은 화단에 이르러 막 방향을 바꾸었을 때 코카가 외쳤다. "저길 봐!" 바냐의 눈에 늘씬한 아가씨가 들어왔다. 그녀는 창백하고 둥그스름한 얼굴에 머리칼 색깔은 아주 밝았다. 아프로디테의 눈 같은 커다란 회색 눈은 흥분해서인지 푸르스름했고 입은 보티첼리의 그림에 나오는 인물들의 입과 비슷했지만 그녀는 어두운 드레스를 입고 있었다. 그녀가 나이 지긋한 부인의 부축을 받아 절뚝거리며 걷는 동안 시트루프는 다른 편에서 이야기하고 있었다. "사람들은 모든 아름다움과 사랑

* '기다려주세요', '잠깐만요', '이것 보세요'를 뜻하는 불어 'attendez'를 음차한 러시아어 감탄사.

이 신들로부터 나온다는 것을 깨닫고는 자유롭고 용감해졌습니다. 그리고 그들에게서 날개가 돋아났습니다."

드디어 코카와 보바는 〈삼손과 들릴라〉 공연의 칸막이 특별석 표를 얻었다. 우연을 가장하여 중립지대에서 시트루프를 만날 거라는 기대를 품고 이 극장 나들이를 주장했던 나타는 공연이 〈카르멘〉으로 바뀌자 그렇게 잘 알려진 오페라에는 특별한 이유가 없는 한 그가 오지 않을 거라며 와락 성을 냈다. 그녀는 특별석 표를 바냐에게 양보했는데, 혹시 공연 도중이라도 그녀가 극장에 오게 되면 그는 집으로 가야 한다는 조건을 붙여서였다. 안나 니콜라예브나는 시페이에르 자매, 알렉세이 바실리예비치와 함께 마차를 타고 출발했고, 젊은이들은 걸어서 먼저 극장으로 떠났다.

시트루프가 극장에 있다는 사실을 뛰어난 촉으로 알아차린 나타가 온통 하늘색 옷으로 치장하고 분을 한껏 바른 채 흥분하여 나타났을 때, 이미 카르멘과 그녀의 친구들은 릴리아스 파스티아의 선술집에서 춤을 추고 있었다.*

"자, 이반, 이제 자리를 내줘."

"이번 막이 끝날 때까지만 앉아 있을래요."

"시트루프 씨가 여기 있니?" 안나 니콜라예브나 옆에 자리를 잡으면서 나타가 속삭이는 목소리로 물었다. 그녀는 이다 골베르크와 나이 지긋한 부인, 그리고 새파랗게 젊은 장교와 시트루프가 앉아 있는 특별석을 말없이 눈으로 훑었다.

"이거 정말 뭔가 있나본데, 불길해!" 나타는 부채를 연신 펼쳤다 접으며 말했다.

"불쌍하기도 하지!" 안나 니콜라예브나가 한숨지었다.

쉬는 시간이 되어 바냐가 떠나려고 하자 나타는 그를 불러세워 휴게실로 데려가려 했다.

"나타, 나타!" 특별석 깊은 곳에 앉은 안나 니콜라예브나의 목소리가 들렸다. "이래도 되는 거니?"

나타는 바냐를 데리고 서둘러 아래로 내려갔다. 그녀는 휴게실로 들어가는 입구의 거울 앞에 서서 머리 모양새를 가다듬고는 아직 관객들이 차지 않은 홀로 천천히 들어갔다. 그들은 시트루프와 마주쳤다. 그는 칸막이 특별석에 있던 바로 그 젊은 장교와 함께 걸으며 대화 중이었는데, 스무로프와 나타를 보지 못한 채 곧 통로로 쓰이는 옆방으로 갔다. 그곳에는 머리를 곱슬머리로 지진 여성 판매원이 무료한 표정으로 사진들을 판매하고 있었다.

* 릴리아스 파스티아는 〈카르멘〉에 등장하는 선술집 주인이다. 여기 나오는 부분은 2막의 시작을 알리는 간주곡을 가리킨다.

"나가자, 너무 답답해!" 나타가 시트루프를 뒤따라가며 바냐를 잡아끌었다.

"우리에겐 저쪽 출구가 더 가까워요."

"상관없잖아!" 관객들을 밀치다시피 서두르며 나타가 소리를 질렀다.

시트루프가 그들을 흘끗 보고는 사진들 위로 몸을 숙였다. 시트루프 일행이 있는 곳에 이르자 바냐가 큰 소리로 외쳤다. "라리온 드미트리예비치!"

"오, 바냐!" 그가 이쪽으로 몸을 돌리며 대답했다. "나탈리야 알렉세예브나, 죄송합니다. 여기 계신 줄 몰랐습니다."

"여기서 뵐 줄은 상상도 못 했어요." 나타가 말했다.

"왜 그렇게 생각하셨죠? 전 〈카르멘〉을 매우 좋아한답니다. 언제 봐도 질리지 않죠. 이 오페라에서는 심오하고 진실한 삶이 박동하고 모든 것이 햇빛을 받아 빛납니다. 저는 니체가 이 음악에 매료되었던 것을 충분히 이해하겠습니다."

나타는 불그레한 눈으로 심술궂게 상대방을 바라보며 이야기를 듣다가 입을 열었다.

"당신을 〈카르멘〉 공연에서 마주치게 된 것이 아니라 페테르부르크에 계신데도 저희 집에 들르지 않으셨다는 것에 놀란 거예요."

"네, 전 이 주 전쯤에 돌아왔습니다."

"아주 잘된 일이에요!"

그들은 졸고 있는 급사들을 지나쳐 텅 빈 복도를 거닐었고, 계단 옆에 서 있으면서 바냐는 붉은 반점들로 뒤덮여가는 나타의 얼굴과 그녀와 대화를 나누는 남자의 얼굴에 떠오른 성난 표정을 흥미롭게 지켜보았다. 쉬는 시간이 끝나 바냐가 겉옷을 받아 집으로 가려고 객석으로 향하는 계단을 조용히 올라가고 있는데, 갑자기 나타가 입에 손수건을 물고 뛰다시피 그를 쫓아왔다.

"이반, 들어봐, 정말 수치스러워, 치욕스러워. 그 사람이 내게 어떻게 말했는지 아니?" 그녀는 바냐에게 이렇게 속삭이고는 달려올라갔다. 바냐는 시트루프에게 작별 인사를 하기 위해 한동안 계단에 서 있다가 아래층 복도로 내려갔다. 칸막이 특별석으로 들어가는 문 옆에 시트루프와 장교가 서 있었다.

"나중에 뵙죠, 라리온 드미트리예비치." 바냐가 위층 자기 자리로 가는 척하며 말했다.

"아, 정말 가는 겁니까?"

"제 자리가 아니었거든요. 나타가 와서 전 이제 필요 없게 되었어요."

"어처구니가 없는 일이군요, 우리 칸막이 자리로 같이 가죠. 남는 자리가 있습니다. 마지막 막은 꼭 봐야 합니다."

"제가 합석해도 괜찮을까요, 저분들과 아는 사이도 아닌데?"

"물론이죠, 괜찮습니다. 골베르크 가 사람들은 아주 소탈한 분들이에요. 그리고 당신은 아직 소년이잖아요, 바냐."

칸막이 특별석으로 가면서 고개를 돌리지 않고 그의 말을 듣고 있는 바냐를 향해 시트루프가 몸을 숙였다.

"그리고 바냐, 난 앞으로도 카잔스키 댁에 가지 않을 것 같습니다. 혹시 당신이 괜찮다면 우리 집에서 당신을 만나고 싶군요. 우리 집에 오면서 나와 영어 공부를 한다고 말할 수 있지 않겠어요? 어차피 당신이 어디로 무얼 하러 다니든 아무도 물어보지 않을 테지만요. 바냐, 부디 우리 집에 들러줘요."

"좋아요. 그런데 정말 나타와 다투셨어요? 그녀와 결혼하지 않으시는 건가요?" 바냐가 계속 고개를 돌리지 않은 채 물었다.

"안 합니다." 시트루프가 진지한 목소리로 대답했다.

"있잖아요, 당신이 그녀와 결혼을 안 하신다니 정말 잘된 일이에요. 그녀는 끔찍이도 역겹거든요, 꼭 개구리 같아요!" 불쑥 바냐는 웃음을 터뜨리며 말했고, 시트루프를 향해 고개를 돌린 후 자신도 모르게 그의 손을 잡았다.

"우리가 보고 싶은 것을 얼마든지 보고, 구하는 것을 얼마든지 이해한다니 이 얼마나 즐거운 일인가. 어떻게 그리스 비극 작가들에게서 17세기 로망스 민족들은 삼일치의 법칙만 보았고, 18세기 사람들은 우레와 같은 긴 독백과 해방적인 사상들만 보았고, 낭만주의자들은 고매한 영웅주의의 위업만 보았던 것일까. 그리고 우리의 세기에는 날카로울 정도로 선명한 태초의 빛깔들과 클링거*의 그림에서나 볼 수 있는, 먼 곳의 광휘를 보고 있지."

바냐는 저녁 햇살이 흘러든 방을 둘러보며 이야기를 듣고 있었다. 제본되지 않은 책들이 가득 꽂힌, 벽장을 따라 늘어선 천장에 닿을 듯한 책장들, 탁자와 의자에 이리저리 널브러진 책들, 티티새가 지저귀는 새장, 온몸이 마비된 듯 가죽 소파에 드러누운 새끼 고양이, 이 처소의 가신家神인 양 한구석에 외롭게 서 있는 안티누스**의 작은 두상. 펠트 단화를 신은 다니일 이바노비치는 무쇠 페치카***에

* 막스 클링거(Max Klinger, 1857-1920). 알레고리적 작품들로 유명한 독일의 화가이자 조각가. 처음에는 사실주의 화풍을 따랐으나 후에는 신비주의의 정신이 드러나는 작품들을 많이 남겼다.

** 비티니아 출신의 미소년으로 로마의 황제인 하드리아누스의 총애를 받았다.

*** '페치카'는 러시아어로 난로를 가리키는데 도시의 가정에서는 무쇠로 만들어 방을 데우거나 간단한 요리를 하는 데 쓰였다.

서 치즈도 꺼내고 종이에 싼 버터도 내오며 찻상을 차리느라 부산스러웠고, 새끼 고양이는 고개를 돌리지 않은 채 초록색 눈으로만 주인의 움직임을 좇고 있었다. '저렇게 젊은데 어째서 우리는 그를 늙은이라고 생각했을까?' 바냐는 몸집이 작은 그리스어 선생의 벗어진 두상을 놀라운 눈으로 바라보았다.

"이미 15세기 이탈리아에서는 아킬레우스와 파트로클로스의 우정, 그리고 오레스테스와 필라데스의 우정을 소돔의 사랑으로 보는 견해가 있었다네.* 호메로스는 이것에 대해서 직접적으로 언급한 바가 전혀 없는데 말이지."

"그럼 이탈리아인들이 꾸며냈단 말인가요?"

"아니, 그들이 옳았네. 그러나 문제는, 사랑을 냉소적으로 바라보는 태도는 그 사랑이 어떻든 그걸 방탕으로 치부해버린다는 데 있다네. 내가 재채기를 하고 탁자에서 먼지를 쓸어내고 고양이를 쓰다듬을 때 내 행동은 도덕적인가, 비도덕적인가? 그러나 이러한 행동들도 범죄가 될 수는 있네. 가령, 내가 재채기를 통해 살인자에게 살인의 순간에 대한 신호를 준다거나 하면 말이지. 아주 냉정하게, 그러니까 어떤 악의도 없이 살인을 행하는 사람은 살인이라는 행동에서 어떤 윤리적 색채도 지워버린다네. 물론 이때도 살인자와 희생자, 연인과 연인, 어머니와 아이 사이라는 신비주의적인 관계는 남지만."

어느덧 날이 꽤 저물어 창문 너머로 건물들의 지붕이, 저 멀리 연기에 휩싸여 지저분해 보이는 장밋빛 하늘 아래 성 이삭 성당이 흐릿하게 보였다.

바냐는 집으로 돌아갈 채비를 했다. 새끼 고양이가 깔고 누워 자던 바냐의 모자를 빼앗기자 신경질이 난 듯 불편한 앞발로 절룩거렸다.

"다니일 이바노비치, 온갖 불구들을 집에 거둬놓으시다니 정말이지 좋은 분이시군요."

"나는 저 새끼 고양이가 너무 마음에 들어. 집에 같이 있으면 기분이 참 좋지. 기쁨을 주는 일을 하는 것이 선함을 뜻한다면, 내가 바로 좋은 사람이라 할 수 있겠군."

"스무로프 군, 말해주게." 다니일 이바노비치가 작별인사로 바냐의 손을 꼭 쥐며 말했다. "그리스문화에 대해 이야기를 나누러 내게 와야겠다고 자네가 직접 마음먹은 건가?"

"네, 하지만 이 생각 자체는 다른 사람이 불어넣었을지도 모릅니다."

"비밀이 아니라면, 그가 누구인지?"

* 아킬레우스와 파트로클로스, 오레스테스와 필라데스는 모두 고대 그리스문학의 등장인물들로, 이들은 변치 않는 우정의 상징으로 여겨지고 이따금 동성애의 맥락에서 해석되기도 한다.

"비밀은 아닌데, 왜 그러세요? 선생님께서는 아마 모르는 사람일 겁니다."

"그럴지도 모르지만, 누구인가?"

"시트루프라는 사람입니다."

"라리온 드미트리예비치?"

"그를 아세요?"

"심지어 아주 잘 안다네." 바냐를 위해 계단의 등을 밝히며 그리스어 선생이 대답했다.

작은 핀란드 증기선의 문 닫힌 선실에는 아무도 없었지만 나타는 외풍과 치조염이 두려워 모든 일행을 곧장 그곳으로 데려갔다.

"정말이지 다차 구하기가 왜 그렇게 힘든지!" 지친 안나 니콜라예브나가 말했다. "보여주는 집들이라곤 형편없는 것들밖에 없어. 구멍은 숭숭 뚫려 있고 외풍이 들이치고!"

"다차에는 으레 외풍이 불지. 무슨 기대들을 하는 거야? 처음 지내보는 것도 아니면서!"

"한 대 피울래?" 코카가 나체 여인이 그려진 은제 담뱃갑을 열어 보이며 보바에게 내밀었다.

"아니, 다차 자체가 나빠서 엉망이라는 게 아니라 꼭 임시로 지내는 곳처럼, 마치 비박을 하는 것처럼 느껴져서 나쁘다는 거야. 생활이 정리가 안 돼. 당신도 알다시피 도시에서는 항상 때가 되면 해야 하는 게 있잖아."

"만약 겨울이고 여름이고 다차에 계속 산다면 어떨까?"

"그것도 나쁘진 않지. 나는 나름의 생활 계획을 세울 테니까."

"맞아," 안나 니콜라예브나가 말을 받았다. "그런데 임시로 사는 데서 그렇게 다 갖춰놓고 살고 싶지는 않아. 예를 들면, 재작년 여름에는 다차에 우리가 도배를 새로 해줬잖아, 그런데 우리 돈으로 깨끗하게 만들어서 집주인한테 선물한 꼴이 됐지 뭐야. 벗겨내면 안 될 텐데!"

"벽지를 더럽히지 않은 게 후회돼?"

나타는 얼굴을 찌푸리며 노을빛에 타오르고 있는 궁전의 창문들과 수면을 따라 멀리 잔잔하게 퍼져나가는 금빛 장밋빛 물결을 유리창 너머로 바라보았다.

"그리고 온 동네 사람들이 서로에 대해 알고 지내겠지. 식사로 뭘 먹을지, 하인 급료는 얼마나 주는지까지도."

"정말 역겨워!……"

"그렇다면 당신은 왜 거길 가는 건데?"

"왜라니? 그럼 어딜 가겠어? 도시에 남아 있으라고?"

"그게 어때서? 적어도 해가 날 때는 그늘이 진 쪽으로 다니면 되잖아."

"코스탸 삼촌은 참 똑똑하다니까."

"엄마," 갑자기 나타가 돌아보며 말했다. "엄마, 엄마, 우리 볼가 강으로 가요, 거기에 작은 도시들이 몇 개 있어요, 플료스라든지 바실수르스크라든지, 거기선 비싸지 않게 집을 구할 수 있대요. 바르바라 니콜라예브나 시페이에르가 그랬어요…… 대식구를 이끌고 플료스에서 지내봤는데, 그거 아세요, 레비탄*도 거기 살았대요. 또 그분들은 우글리치에서도 지냈다고 하더라고요."

"우글리치인가 거기선 쫓겨났다고 들었는데." 코카가 맞받아쳤다.

"그 사람들이 쫓겨난 게 뭔 상관이야? 우리는 안 쫓아낼 거야! 맞아, 집주인들이 이렇게 말했다고 하더라고. '당신들 일행은 인원이 너무 많습니다, 숙녀 분들이며 신사 분들이며. 그런데 우리 도시는 워낙 조용한 곳인 데다 말을 타고 다니는 사람도 별로 없어요. 여기 사는 우리는 겁이 다 납니다. 미안합니다만 집을 비워주세요.'"

그들은 알렉산드롭스키 정원** 쪽에 이르고 있었다. 선착장의 아래쪽 창문들 너머로 환히 볕이 드는 주방과 새하얀 옷을 입고 생선을 손질하는 주방 보조, 그리고 저 안쪽에서 불을 내뿜는 화덕이 보였다.

"아주머니, 전 여기서 라리온 드미트리예비치께 갈게요."

바냐가 말했다.

"그래, 가려무나. 이 아이도 동지를 찾았구나!" 안나 니콜라예브나가 툴툴거렸다.

"그런데 그가 정말 나쁜 사람이에요?"

"그가 나쁘다는 게 아니라 우리의 동지는 아니라고 말하는 거야."

"전 그분과 영어 공부를 해요."

"뭐 그런 하찮은 것을. 차라리 학교 공부나 하지 그러니……"

"아뇨, 아주머니, 어쨌든 갈게요."

"그래, 가렴, 누가 널 잡는다고?"

"너의 그 시트루프랑 키스도 하려무나." 나타가 덧붙였다.

"네, 그럴 거예요, 꼭. 누가 신경이나 쓰겠어요."

"있잖아 말이지," 보바가 말을 하려고 했지만 바냐는 나타에게 달려들어 그의 말을 끊었다.

"누나도 그분이랑 키스하고 싶어 죽겠죠? 하지만 그분은 누나랑은 원치 않아. 왜냐면 누나는 불그죽죽한 개구리니까, 그리고 누나는 바보 같은 계집이니까! 맞아!"

* 러시아의 유명한 풍경화가 이삭 레비탄(И.И. Левитан, 1860-1900)을 가리킨다.

** 페테르부르크 도심 네바 강 바로 옆에 있는 공원으로 1874년 알렉산드르 2세의 이름을 따서 지었다.

"이반, 그만해!" 알렉세이 바실리예비치의 목소리가 울려 퍼졌다.

"왜 다들 나한테만 윽박지르세요? 왜 나를 가만 안 두는 거지? 내가 아직도 애예요? 내일 콜랴 삼촌한테 편지를 쓰겠어요……"

"이반, 그만하라고 했다." 알렉세이 바실리예비치가 목소리를 한층 높여 엄하게 말했다.

"새끼 돼지 같은 꼬맹이가 행실이 저 따위라니!" 안나 니콜라예브나가 흥분했다.

"그리고 시트루프 씨는 결코 누나랑 결혼 안 할 거야, 절대로 누나랑은 안 해!" 바냐는 저도 모르게 질세라 내뱉었다.

나타가 갑자기 잠잠해지더니 아주 평온하게 조용히 말했다.

"그럼 그는 이다 골베르크랑 결혼하는 거야?"

"나도 몰라요." 바냐 역시 조용하고 건조하게 대답했다. "내 생각에는 그것도 아닐 거예요." 그리고 상냥하게 덧붙였다.

"아니 얘들이 무슨 소리를 하는 거야!" 안나 니콜라예브나가 소리쳤다.

"너 설마 저 꼬맹이 말을 믿는 거니?"

"네, 아마도요." 창가로 몸을 돌리더니 나타가 벌컥 내뱉었다.

"이반, 저 여자들이 보이는 만큼 멍청하다고 생각진 마." 보바가 바냐를 달랬다. "저들은 너를 통해 시트루프와 다시 어울리고 골베르크에 대한 소식을 얻어낼 수 있다는 데 기뻐할걸. 다만 네가 라리온 드미트리예비치에게 정말로 호감을 갖고 있다면 조심하는 게 좋긴 할 거야. 홀딱 빠지지는 마."

"내가 뭐에 홀딱 빠진다는 거야?" 바냐가 놀라서 물었다.

"아마 곧 내 충고가 도움이 될걸?" 보바는 크게 웃고는 선착장을 향해 걸어갔다.

바냐가 시트루프의 아파트에 들어섰을 때, 포르테피아노 반주에 맞춰 노래하는 목소리가 들렸다. 그는 현관에서 왼쪽에 있는 서재로 조용히 넘어가 응접실에 들어가지 않고 가만히 귀를 기울였다. 알지 못하는 남자 목소리가 노래하고 있었다.

> 따뜻한 바다 위로 번지는 저녁 어스름,
> 어둑해진 하늘에는 등대들의 불빛,
> 향연의 끝 무렵 풍기는 버베나 향기,

긴 밤을 지새우고 맞는 상쾌한 아침,

봄의 정원에 난 가로수길을 거니는 여유,

멱감는 여인들의 외침과 웃음소리,

유노의 사원을 지키는 성스러운 공작孔雀들,

제비꽃, 석류, 레몬을 파는 상인들,

구구 우는 비둘기들, 빛나는 태양,

언제 너를 다시 보려나, 사랑스러운 도시여!*

포르테피아노가 고뇌의 문장을 내뱉는 목소리들을 짙은 안개처럼 낮은 화음으로 감쌌다. 바냐는 남자들의 대화 소리가 중간중간 끊기다가 다시금 이어지는 홀로 들어갔다. 그는 라모와 드뷔시의 음악이 울려퍼지는 연녹색의 넓은 이 방을, 그리고 카잔스키네 집에서 만나는 사람들과는 조금도 닮지 않은 시트루프의 친구들을 얼마나 사랑했던가. 오가는 갑론을박, 포도주와 가벼운 대화를 곁들인 남자들만의 느지막한 저녁식사, 천장까지 가득한 책들에 둘러싸여 말로와 스윈번을 탐독하는 서재,** 온갖 화장품들이 그득하고 선명한 녹색을 배경으로 암적색의 목신들이 화환 모양으로 춤을 추는 침실, 붉은 구리 식기들이 즐비한 식당, 이탈리아, 이집트, 인도에 대한 이야기들, 모든 나라, 모든 시대의 눈부신 아름다움에 대한 열광, 이

섬 저 섬을 넘나드는 산책, 당황스럽기도 하지만 어쩐지 사람을 끌어당기는 논증들, 볼품없는 얼굴에 깃드는 미소, 퇴폐적인 기운을 내뿜는 ‘포 데스파뉴peau d'Espagne’[***]의 향기, 야위었지만 반지를 여럿 낀 힘센 손가락들, 비범하게 두꺼운 밑창을 댄 단화들. 무엇이 무엇인지도 모른 채 몽롱하게 도취되어 그는 이 모든 것을 얼마나 사랑했던가!

“우리는 헬라인들이다. 우리는 유대인들의 불관용적인 일신교가 낯설다. 조형예술에 대한 그들의 혐오, 그러면서도 육체, 후손, 가문에 목매는 그들의 태도 역시 그렇다.

* 쿠즈민의 첫 시집 《그물》(1908)에 수록된 연작 〈알렉산드리아의 노래〉 중 한 편이다. 시적 화자는 알렉산드리아의 이국적 풍경을 배경으로 남성 간의 사랑, 여성의 자유로운 사랑을 노래한다. 이와 더불어 삶을 있는 그대로 받아들이고 의연하게 죽음을 맞이하는 지혜도 예찬한다. 쿠즈민은 페테르부르크의 동성애자 예술가들 앞에서 《날개》와 함께 〈알렉산드리아의 노래〉의 일부를 낭송했다. 큐큐에서 발간된 시선집 《우리가 키스하게 놔둬요》에도 이 연작의 다른 한 편이 옮겨진 바 있다.

** 크리스토퍼 말로(Christopher Marlowe, 1564-1593)는 엘리자베스 1세 시대의 영국의 극작가로 인간으로서의 규범을 벗어난 욕망에 스스로 좌절하는 인간을 주인공으로 한 작품을 썼다. 앨저넌 찰스 스윈번(Algernon Charles Swinburne, 1837-1909)은 영국의 시인으로 관능적 즐거움을 예찬했고 쾌락주의적 철학을 설파했다.

*** ‘스페인 가죽’이라는 이름의 향수. 꽃과 향유로 만들며 원래 가죽에 향을 입히는 용도로 쓰였지만 몸을 치장하는 데도 널리 쓰였다. 관능적인 향으로 유명하다.

성경을 통틀어 봐도 저승에서 누릴 지복에 대한 언급은 찾아볼 수 없고 계율에 언급된 유일한 포상은(특히 생명을 준 이에 대한 흠숭의 대가로 받는 포상은) 지상에서 오래 살 수 있다는 것뿐이다. 그들의 믿음에 따르면 부부에게 자식이 없다는 것은 예배에 참석할 권리조차 박탈하는 인생의 오점이자 저주이다. 그런데 그들은 유대교 전설에서 아이를 낳고 노동하는 것은 삶의 목적이 아니라 죄에 대한 벌일 뿐이었다는 점을 망각한 듯하다. 죄에서 멀어질수록 사람들은 아이 낳는 일과 육체노동에서 멀어질 것이다. 여인은 결혼이 아니라 출산 후에야 비로소 기도를 통해 정화되지만 남자는 그것과 유사한 무엇도 겪지 않는다는 것을 그리스도교도들은 흐릿하게 깨닫고 있다. 사랑은 사랑 그것 말고는 목적을 갖지 않는다. 자연에도 역시 궁극적 목적이라는 개념의 그림자조차 없다. 자연의 법도는 신의 법도와 완전히 다른데, 이른바 신의 법도라는 것은 인간의 법도이다. 자연의 법도는 무릇 나무라면 열매를 맺어야 한다는 것이 아니라, 어떤 조건에서는 열매를 맺고 다른 조건에서는 열매를 맺지 않으며, 심지어 열매를 맺는 것과 마찬가지로 아주 당연하고도 단순하게 죽는다는 것이다. 칼에 찔린 심장은 박동을 멈춘다는 사실, 여기에는 어떤 궁극적 목적도, 선도 악도 없다. 자신의 눈구멍에서 눈알을 뽑

아내지 않고도 그 눈에 입을 맞출 수 있는 자, 거울 없이도 자신의 뒤통수를 볼 수 있는 자만이 자연의 법도를 거스를 수 있다. 그러므로 여러분이 '이 일은 자연에 거스른다'라는 말을 듣게 되면 부디 그 말을 내뱉은 맹인을 힐끗 쳐다보고 그대로 지나쳐가시라. 텃밭의 허수아비에 놀라 황급히 날아가는 참새는 결코 되지 마시라. 태어나자마자 곧장 죽어도 좋다고 느낄 만큼 날카로운 향락으로 타오르는 삶을 창조할 수 있는데도 사람들은 눈먼 자처럼, 죽은 자처럼 헤매며 다닌다. 탐욕스러울 정도로 모든 것을 지각해야 한다. 기적은 바로 우리 주변에, 발걸음 떼는 곳마다 널려 있다. 전율 없이는 바라볼 수 없는 인간 몸의 근육과 관절들. 아름다움이라는 개념을 남성의 눈을 즐겁게 하는 여성의 아름다움에만 연결 짓는 자들은 오직 저열한 정욕만 드러낼 뿐, 진실한 아름다움이라는 관념으로부터 더욱 멀어져간다. 우리 헬라인들은 아름다움을 사랑하는 자들, 미래의 삶을 섬기는 바쿠스의 사제들이다. 탄호이저가 베누스의 동굴에서 보았듯,* 클링거와 토마**가

* 바그너의 오페라 〈탄호이저〉의 1막에서 음유시인 탄호이저는 베누스베르크의 동굴에서 미의 여신 베누스와 환락의 나날을 보낸다.

** 한스 토마(Hans Thoma, 1839-1924). 독일의 화가로 감상적인 분위기의 시골 풍경과 일상을 그린 그림들로 유명하다. 후기 창작에서는 상징주의적이고 양식화된 작품들도 많다.

예술의 세계에서 두 눈으로 똑똑히 보았듯, 자유와 태양이 흘러넘치고 아름답고 용기 있는 사람들이 사는 태초의 고향이 있다. 바다를 건너 안개와 어둠을 뚫고 우리 아르고호의 선원들은 그곳으로 나아간다! 우리는 누구도 듣지 못한 새로움 속에서 고대의 뿌리를 알아보고 누구도 보지 못한 광휘 속에서 우리의 고향을 느낀다!"

"바냐, 식당에 가서 몇 시인지 봐주겠어요?" 색색의 실로 수를 놓던 무언가를 무릎에 내려놓으며 이다 골베르크가 물었다.

새로 지은 집의 커다란 방은 배의 갑판 위에 있는 밝은 선실 같은 곳으로, 아주 기본적인 가구들로만 검소하게 꾸며져 있다. 한쪽 벽 전체를 차지한 노란 커튼이 세 개의 창문을 가렸고 가죽을 덧씌운 궤짝들, 아직 짐이 담기지 않은, 구리 못을 박은 여행가방들, 그리고 때늦게 심은 히아신스 상자 위로 노랗고 불안한 빛이 드리워져 있었다. 바냐는 소리 내어 읽고 있던 단테의 책을 덮고 옆방으로 갔다.

"다섯 시 반이에요." 그가 돌아와 말했다. "라리온 드미트리예비치께서 오랫동안 자리를 비우시네요." 그는 아가씨의 생각에 대답이라도 하듯 말을 내뱉었다. "그럼 오늘은 이제 연습을 더 안 하는 건가요?"

"바냐, 새로운 노래를 시작할 필요는 없어요. 자, 들어보세요.

에 비디 케 콘 리소e vidi che con riso
우디토 하베반 룰티모 콘스트루토Udito havevan l'ultimo construtto
포이 아 라 벨라 돈나 토르나이 일 비소Poi a la bella donna tornai il viso*

'그리고 나는 그들이 미소 지으며 마지막 말을 듣는 것을 보았고, 다시 아름다운 부인 쪽으로 몸을 돌렸다.'"

"아름다운 부인이라, 그것은 생명력 넘치는 삶에 대한 관조인가요?"

"바냐, 주석을 너무 믿으면 안 돼요, 역사적 사실 말고는요. 단순하고 아름답게 이해해보세요. 사실 그게 다죠. 그렇지 않으면 아마 단테 대신에 어떤 수학 공식이 나올 거예요."

그녀는 마침내 하던 일을 내려놓고는 페이퍼나이프로 의자의 밝은 색 손잡이를 두드리며 마치 무언가를 기다리듯 앉아 있었다.

"라리온 드미트리예비치께서는 곧 오실 겁니다." 아가씨

* 단테의 《신곡》 중 〈연옥〉편 제28가 146-148절.

의 생각을 다시 읽고야 만 바냐는 짐짓 점잖은 어른스러운 투로 말했다.

"어제 그분을 보셨어요?"

"아뇨, 어제도 그제도 보지 못했습니다. 어제 그분은 낮에 차르스코예*에 다녀오셨고 저녁에는 클럽에 계셨고, 그제는 비보르크스카야라는 곳을 다녀오셨대요, 저도 거기가 어딘지는 잘 모르겠습니다만." 바냐는 공손하면서도 자랑스레 보고했다.

"누구에게 간 건가요?"

"저도 모르겠습니다. 일이 있으셨나봅니다."

"정말 모르세요?"

"네."

"바냐, 잘 들어봐요." 작은 칼을 살펴보며 그녀가 말했다. "한 가지 부탁을 드리고 싶어요. 저 혼자만을 위한 것이 아니라 당신, 그리고 라리온 드미트리예비치, 그러니까 우리 모두를 위한 것이에요. 이 주소가 뭐 하는 곳인지 알아봐줄 수 있어요? 중요한 일이에요, 우리 셋 모두를 위해 정말 중요한 일이에요." 그녀는 바냐에게 작은 종이쪽지를 내밀었고, 거기에는 시트루프의 널찍하면서도 날카로운 필체로 다음과 같이 적혀 있었다. '비보르크스카야, 심비르스카야 거리, 36번지, 103호, 표도르 바실리예비치 솔

로비요프.'

여러 취미들 가운데 시트루프가 고대 러시아문화에 특별한 관심을 갖기 시작했다는 것은 그다지 놀라운 일이 아니었다. 독일식 옷차림을 하고 화려한 언변을 자랑하는 사람들, 또는 옷자락이 긴 반半카프탄을 걸친 '신의 사람들'이라는 노인들, 어쨌든 이들은 수상쩍은 장사꾼들로 수고본이라던지 이콘, 고대의 직물, 가짜 주물들을 가져왔다. 또 그는 고대 러시아 노래에 흥미를 느껴 스몰렌스키, 라주몹스키, 메탈로프** 등의 저작들을 읽고 니콜라엡스카야***로 노래를 들으러 가기도 했으며, 심지어는 얼굴이

* 페테르부르크 근교의 도시 차르스코예 셀로를 가리킨다. 1937년에는 '푸시킨'으로 이름이 바뀌었다.

** 스테판 바실리예비치 스몰렌스키(С.В. Смоленский, 1848-1909), 드미트리 바실리예비치 라주몹스키(Д.В. Разумовский, 1818-1889), 바실리 미하일로비치 메탈로프(В.М. Металлов, 1862-1926). 이 셋은 러시아의 음악학자들로 고대 러시아의 교회음악을 부활시키는 데 큰 기여를 했다.

*** 페테르부르크의 니콜라엡스카야 거리를 가리키는데 오늘날에는 마라트 거리로 개명되었다. 이 거리에는 니콜스카야 신앙통합교회(오늘날에는 남극 및 북극 박물관의 건물)가 있었는데, 니콘 대주교의 정교회 개혁 이전의 예식을 지키면서도 공식 러시아정교회를 인정하는 구교도의 일파가 다니던 교회였다. 쿠즈민은 1906년 4월 1일 일기에서 이 교회를 방문했던 일을 다음과 같이 적는다. "니콜라엡스카야 거리의 아침예배에 참석했다. 성가대가 노래를 꽤 괜찮게 불렀다. 하지만 그로몹스코예 구교도묘지교회의 성가대에는 비할 바가 아니다."

얽은 한 성가대원에게 직접 크류키*도 배웠다. "예전의 나는 세계의 혼이 담긴 이 뒷골목을 전혀 알지 못했습니다" 라고 시트루프는 종종 말했는데, 그는 이 취미를 바냐에게까지 전염시키려 했고 놀랍게도 바냐 역시 이 분야에 빠져들었다.

어느 날 시트루프가 차를 마시며 말했다.

"바냐, 볼가 강변에 살며 구교도의 방식 그대로 정진하는 진정한 분리파들이 사는 모습을 꼭 봐야 해요. 남자들은 열여덟 살이 되면 폿됴카**를 입고 다니고 차는 입에 대지도 않지요. 자매들은 암자에 살고요. 볼가 강변에 있는 그들의 집은 높은 담장이 둘러쳐져 있고 사슬에 맨 개들이 집을 지킵니다. 그곳에서는 저녁 아홉 시면 잠자리에 들지요. 그들의 삶에는 페체르스키***스러운 구석이 있지만 여기엔 당밀 맛이 덜합니다. 당신은 그걸 꼭 봐야 해요. 내일은 자사딘에게 같이 갑시다, 그에게 매우 흥미로운 〈성모 승천〉 이콘이 있거든요. 우리와 취향이 비슷한 친구들도 올 테니 소개해줄게요. 그리고 혹시 모르니 주소를 적어둬요. 내가 전시회에 들렀다 그곳으로 바로 가게 되면 당신 혼자서 찾아와야 하니까요." 그리고 수첩을 보지도 않고 매우 잘 알고 있다는 듯 주소를 불렀다. "심비르스카야 거리, 36번지, 103호, 가구가 달린 방. 거기서 또 물어보도록 해요."

벽 너머로 두 목소리가 주고받는 대화가 희미하게 들렸다. 추가 달린 시계는 조용히 째깍거렸다. 탁자마다, 의자마다, 창틀마다 칙칙한 이콘들, 가죽을 덧씌운 판지를 표지로 댄 책들이 널브러져 있었다. 공기 중에는 먼지가 흩날리고 곰팡내가 났고, 문 위 통풍구를 통해 복도로부터 시큼한 양배추수프의 썩은 냄새가 흘러들어왔다. 자사딘이 바냐 앞에 서서 카프탄을 입으며 말했다.

"라리온 드미트리예비치께서는 아마 사십 분 후에나 오실 텐데요. 한 시간 후가 될 수도 있고요. 저는 잠깐 이콘을 가지러 다녀와야 해서 어찌해야 할지 모르겠군요. 여기서 기다리시겠습니까, 아니면 저와 다녀오시겠습니까?"

"여기 있겠습니다."

"네, 네, 그러시죠. 금방 돌아오겠습니다. 혹시 이 책들이 흥미를 끌지도 모르겠습니다만," 자사딘은 바냐에게 먼

* 고대 러시아 성가의 네우마 기보법.

** 무릎 아래까지 내려오는 긴 외투로 왼이쪽나 오른쪽 끝으로 여미게 되어 있다.

*** 러시아의 작가 파벨 이바노비치 멜니코프(П.И. Мельников, 1818-1883)의 필명 안드레이 페체르스키를 가리킨다. 그는 볼가 강변 숲에 사는 구교도의 삶을 민속지적으로 자세히 다루는 소설들을 썼다.

지 덮인 《리모나리》*를 건네주고는 시큼한 양배추수프의 썩은 내가 진동하는 문 뒤로 서둘러 사라졌다. 바냐는 창가로 가서 책을 펼쳤는데 이야기는 다음과 같았다. 한 노인이 어느 날 그가 사는 황야에서 뜻밖에 홀로 사는 여인의 방문을 받았는데, 그 후로 그 여인에 대해 음탕한 마음을 품게 되었다. 그는 타오르는 정욕을 삭이지 못해 지팡이를 짚고 욕정으로 맹인처럼 비틀거리며 그 여인을 찾을 수 있으리라 기대되는 곳으로 갔다. 그리고 동요된 상태로 갑자기 다음과 같은 장면을 보게 되었다. 땅이 두 쪽으로 갈라져 있고 그 안에는 세 구의 시신이 놓여 있었는데 여자, 남자, 그리고 아이의 것이었다. 그리고 목소리가 들려왔다. '여기 여자, 남자, 아이가 있다. 누가 그들을 구분할 수 있겠는가? 이리 와 그대의 욕정을 채워보라!' 죽음, 사랑, 아름다움 앞에서는 모든 것이 마찬가지이고, 모든 몸은 똑같이 아름다우며, 오직 욕정 때문에 남자는 여자를 좇고 여자는 남자를 갈구한다는 이야기였다.

벽 뒤에서 젊은이의 쉰 목소리가 계속 말했다.

"네, 가요, 가. 예르몰라이 아저씨, 그런데 왜 자꾸 욕을 하고 그러세요?"

"이 식충아, 너는 욕먹어도 싸! 그런 못된 짓 하고 다니는 거 다 알고 있다!"

"바시카가 아저씨한테 거짓말한 거예요. 왜 그 애 말을 듣고 그러세요?"

"바시카가 왜 거짓말을 하냐? 네가 말해봐라, 내가 틀린 말 했냐? 그래, 네가 그 못된 짓을 안 한단 말이냐?"

"그게 어때서요? 그래, 그런 짓을 하고말고요! 바시카는 안 하나봐요? 우리 가게 누구나 다 그 짓을 한다고요. 드미트리 파블로비치라면 안 할지 몰라도." 이 말을 한 사람이 크게 웃는 소리가 들렸다. 잠시 가만있다가 그는 좀 더 은밀한 투로 속삭이듯 이야기를 시작했다. "바시카가 나한테 직접 가르쳐준 거예요. 한번은 젊은 귀족 나리가 와서 드미트리 파블로비치에게 말하더래요. '방금 나를 들여보내준 저 애가 날 씻겨줬으면 합니다만.' 그런데 들여보내준 사람이 바로 나였거든요. 드미트리 파블로비치는 단박에 이 나리가 그걸 즐기는 양반이고 예전에도 항상 바실리가 그를 담당했다는 걸 알아채고 이렇게 말했다네요. '절대 안 됩니다, 나리. 그 녀석은 혼자서는 안 갑니다. 고정으로 일하는 아이도 아니고요, 이런 걸 전혀 모릅니다.' 그랬더니 그 귀족 나리 하는 말이 웃기죠. '제기랄, 그럼 바실리하고 둘이 들어오라 하시오!' 그래서 바시카가 들어

* 초대 그리스도교 교부들의 삶을 담은 교훈적인 책으로 7세기경 비잔티움의 수도사 요한 모스쿠스가 쓴 것으로 알려져 있다.

가서 물었대요. '저희에게 얼마나 주실 건지요?' '맥주 한 잔씩에 10루블 얹어서.' 그런데 우리 규칙이 이래요. 문에 커튼을 치면, 그러니까 장난질을 좀 친다면 말이죠, 눈감아주는 대가로 최고참한테 반드시 5루블 이상은 쥐여줘야 해요. 그래서 바실리가 덧붙였죠. '아뇨, 나리, 그렇게는 안 되겠습니다.' 그렇게 해서 10루블짜리 빨간 놈을 한 장 더 얹기로 약속받았지요. 바샤가 욕조에 물을 받으러 나가고 내가 옷을 벗기 시작하는데 나리가 이렇게 말하는 거예요. '표도르, 뺨에 뭐가 있구나. 점이냐, 아니면 뭐가 묻은 게냐?' 그렇게 웃으면서 나한테 손을 뻗는 거예요. 나는 내 뺨에 점이 있는지 없는지도 모른 채 바보처럼 가만히 서 있었죠. 그런데 바로 그때 바실리가 돌아와 잔뜩 화가 나서는 말하더라고요. '이쪽입니다요, 나리.' 그렇게 우리는 다 같이 들어가게 된 거죠."

"마트베이도 너희랑 같이 사냐?"

"아뇨, 걔는 다른 데 자리잡았어요."

"누구한테로? 대령한테?"

"네, 그 사람한테요, 30루블씩 준다던데요. 조건도 다 좋고."

"그놈 결혼은 안 했대? 그 마트베이 놈."

"결혼했죠, 결혼식에 보태라고 그 주인이 돈도 쥐여줬는 걸요, 80루블 들여서 코트도 해주고. 그런데 마누라 있는 게 어때서요? 마누라는 시골에 살죠, 어떻게 그런 댁에서 여자랑 살게 하겠어요? 나도 어디 자리잡고 살까 하는데."

잠깐의 침묵 후 젊은이가 한 말이었다.

"마트베이처럼 말이냐?"

"좋으신 나리 같아 보여요, 혼자 살고. 마트베이처럼 30루블씩 준다고 하고요."

"조심해라, 페댜, 그러다 안 좋은 꼴 당한다."

"에이, 난 안 그래요."

"그 양반은 누군데, 아는 사람이냐?"

"멀지 않아요, 푸르시타츠카야 거리에 산대요. 드미트리가 하인으로 일하는 집 2층이에요. 그분은 여기 스테판 스테파노비치한테 가끔 와요."

"구교도인가?"

"아니에요, 무슨! 러시아 사람도 아니에요. 영국 사람이라는 것 같던데."

"사람들이 좋게 말하더냐?"

"네, 좋은 분이라고들 하더라고요."

"뭐, 그래, 잘해봐라!"

"예르몰라이 아저씨, 그럼 이제 가볼게요. 대접해줘서 감사합니다."

"페댜, 심심하면 또 들러라."

"그럴게요." 표도르는 방문을 탁 닫고는 구두 뒤축으로 툭툭 소리를 내며 가벼운 몸놀림으로 복도를 따라 걸어갔다. 바냐는 스스로 영문을 모른 채 재빨리 따라나서서 떠나는 젊은 남자 뒤로 소리를 질렀다. 젊은이는 러시아 루바시카*에 재킷을 걸쳤는데 재킷 아래로 끈 같은 허리띠의 술이 삐져나왔고 목이 짧은 부츠는 반짝반짝 윤이 났으며 테 없는 모자는 비뚜름히 얹혀 있었다. "저기요, 혹시 스테판 스테파노비치 자사딘 씨가 금방 돌아오실까요?"

젊은이가 뒤를 돌아봤고 객실 문틈으로 새어드는 빛으로 바냐는 그의 얼굴을 보았다. 두문불출하거나 영원히 수증기 속에서 사는 사람들처럼 창백한 얼굴, 그 위에 생기로 반짝이는 장난기 어린 회색 눈, 눈썹 바로 위로 맞춰 자른 검은 머리칼, 그리고 선이 고운 입을 보았다. 그의 얼굴에는 약간 우악스러운 면도 있었지만 어딘가 모르게 가녀린 구석이 있었다. 바냐는 그의 교활하면서도 애교 있는 눈과 조소를 머금은 입을 경계하듯 바라보았지만, 그의 얼굴과 재킷 아래 숨겨져 있어도 한눈에 들어오는 쭉 뻗은 날씬한 몸매에는 사람을 사로잡아 흔들어놓는 무언가가 있었다.

"그분을 기다리시는군요?"

"네, 그런데 이제 곧 일곱 시가 되어서요."

"여섯시 반이네요." 표도르가 주머니에서 시계를 꺼내더니 바로잡았다. "우리는 그분 방에 아무도 없는 줄 알았는데요…… 아마 곧 오실 거예요." 그는 뭔가를 더 말하려는 듯 덧붙였다.

"네, 감사합니다. 귀찮게 해드려 죄송합니다." 바냐는 못 박힌 듯 그 자리에서 말했다.

"별 말씀을요, 도련님." 상대방이 어색한 표정으로 대답했다.

시끄럽게 초인종이 울렸고 시트루프, 자사딘, 그리고 폿됴카를 입은 키 큰 젊은이가 들어왔다. 시트루프는 마주 서 있는 표도르와 바냐에게 빠르게 시선을 던졌다.

"기다리게 해서 미안합니다." 표도르가 서둘러 외투를 벗겨주는 동안 그가 바냐에게 말했다.

바냐는 이 모든 장면이 꿈속인 것처럼 느껴졌다. 그는 낭떠러지로 떨어지고, 모든 것에는 안개가 깔리고 있었다.

바냐가 식당에 들어갔을 때, 안나 니콜라예브나는 하던 이야기를 마무리짓고 있었다. "알겠어요, 그런 사람이 그런 방식으로 자기 평판을 망친다는 게 얼마나 딱한 일인

* 일반적으로 셔츠를 가리킨다. 러시아의 전통 남성용 루바시카는 옷깃을 왼쪽 앞가슴에 당겨서 달아 단추로 여미며 허리를 끈으로 둘러맨다.

지?" 콘스탄틴 바실리예비치는 책을 들고 창가로 가 앉는 바냐를 말없이 눈으로 좇다가 말을 시작했다.

"사람들은 말하죠, '그건 세련됐어, 부자연스러워, 과도해'. 우리의 몸을 지극히 자연적인 방식으로만 이용해야 한다면, 맨손으로 날고기를 찢어서 입에 넣어야 하고, 적이랑 치고받고, 토끼를 잡으러 두 발로 뛰어다니거나 늑대들로부터 도망쳐야 할 거예요. 천일야화에서 이야기가 끝난다는 생각에 괴로운 나머지 이건 왜 만들어졌고 저건 왜 만들어졌는지 계속 묻는 소녀를 떠올리게 하지 않아요? 소녀가 몸의 어떤 부분을 가리키며 묻자 어머니는 아이에게 매질하면서 이렇게 말하잖아요. '이제 이게 어디에 소용되는지 알겠구나.' 물론 이 어머니는 지나칠 정도로 명확하게 설명했지만, 그렇다고 해서 그 신체 일부의 역량이 소진되지는 않을 겁니다. 행동의 자연성에 대한 모든 도덕적 설명들은, 예를 들면, 코는 초록색으로 칠해지기 위해 만들어졌다는 식의 설명으로 수렴되거든요. 인간은 정신과 육체의 모든 능력을 끝까지 계발해야 하고 자신의 모든 가능성이 실제로 쓰일 수 있도록 애써야 해요. 캘리번*으로 남지 않으려면 말이죠."

"그래서 체조선수들이 머리로 걸어 다니는 거로군요……"

"라리온 드미트리예비치라면 이렇게 말했겠죠. '무슨 말씀을, 그건 어떤 경우에 비춰보더라도 득이 되는 일입니다. 심지어 유쾌한 일이기까지 할 겁니다.'" 그리고 코스탸 삼촌은 멈추지 않고 책을 읽고 있는 바냐를 떠보듯 바라보았다.

"갑자기 여기서 라리온 드미트리예비치가 왜 나와요?" 안나 니콜라예브나가 참지 않고 지적했다.

"나의 독창적 견해를 잘 설명한 것 같지 않나요?"

"나타에게 가봐야겠어요." 안나 니콜라예브나가 일어서며 말했다.

"나타 누나는 어떻게 지내요? 요즘 통 보이질 않네요." 뭔가 생각났다는 듯 바냐가 말했다.

"당연한 일이지, 네가 며칠씩 통째로 사라지곤 하잖니."

"제가 어디로 사라진다는 말씀이세요?"

"그건 네게 물어볼 일 같구나." 아주머니가 방을 나가며 말했다.

코스탸 삼촌은 식은 커피를 마저 마셨고 방 안에는 나프탈렌 냄새가 진동했다.

* 셰익스피어의 희곡 《템페스트》의 등장인물. 자신의 주인인 현자 프로스페로에게 적대적인 노예로 기형적으로 생겼다. 여기서는 야만인을 가리킨다.

"코스타 삼촌, 제가 들어왔을 때 시트루프 씨에 대해서 얘기하고 계셨던 거죠?" 바냐는 마음을 다잡고 물었다.

"시트루프에 대해서? 잘 기억은 안 난다만 아마 아네타가 내게 뭔가 이야기를 한 것 같긴 하구나."

"전 그분에 대한 이야기라고 생각하고 있었어요."

"아니다, 내가 형수님이랑 시트루프에 대해서 무슨 이야기를 하겠냐?"

"삼촌이 방금 이야기한 신념들을 시트루프 씨가 지니고 있다고 정말로 생각하세요?"

"그 사람 하는 말로 보자면 그렇다는 거고, 행동거지야 나는 모르지. 타인의 신념은 알 수도 없고 미묘한 것이니."

"삼촌은 정말로 그분의 행동이 말과 다르다고 생각하세요?"

"모르겠다. 나는 그 사람 일은 정말 모른단다. 그런데 사람이 항상 원하는 대로 행동할 수는 없는 일 아니니. 우리도 이미 오래전부터 다차에 가려고 했지만, 그게 잘 안……"

"삼촌, 있잖아요, 소로킨이라는 구교도가 저를 볼가 강변에 있는 자기 집으로 초대했어요. '우리 집으로 오십시오, 제 부친께서 불편해하지 않으실 겁니다. 우리가 어떻게 사는지 한번 보시죠. 관심이 있다면 말입니다'라고 말하면서요. 그렇게 갑자기 저한테 호의를 보이더라고요, 이유는 모르겠지만."

"그럼 한번 가보려무나!"

"아주머니가 돈을 안 주실 거예요, 게다가 가볼 가치도 없고요."

"왜 가치가 없는데?"

"다 역겹거든요, 정말이지 역겨워요!"

"아니, 왜 갑자기 모든 게 역겨워졌단 말이냐?"

"저도 정말 모르겠어요." 바냐는 이렇게 말하고는 두 손으로 얼굴을 감쌌다.

콘스탄틴 바실리예비치는 고개 숙인 바냐를 바라보고는 조용히 방을 나갔다.

수위는 없었고 계단으로 난 문은 열려 있었다. 굳게 닫힌 서재에서 울리는 성난 목소리가 현관에서도 들렸다. 성난 목소리는 아마도 여성인 듯한 조용한 목소리가 희미하게 들릴 때면 침묵을 지켰다. 바냐는 외투와 챙 달린 학생모를 벗지 않은 채 현관에 가만히 서 있었다. 서재의 문손잡이가 돌아가더니 반쯤 열린 문틈 사이로 손잡이를 잡고 있는 누군가의 손이 보였다. 곧이어 온전히 드러난 그 팔은 러시아식 루바시카의 붉은 소매에 덮여 있었다. 시트루프의 말이 또렷이 들렸다. "저는 누구도 이 문제를 건드리는 것을 용납하지 않습니다! 더군다나 여성은요. 똑똑히 들으십시오, 저는 당신이 그것에 대해 말하는 것을 금합니다!" 문이 다시 닫혔고 두 사람의 목소리는 다시 웅웅대는 소리로 들렸다. 바냐는 괴로움에 잠긴 채 그토록 익숙한 현관을 둘러보았다. 거울 앞 탁자 위에 놓여 있는 전등, 옷걸이에 걸린 옷. 탁자에는 부인용 장갑이 아무렇게나 내던져져 있었지만 모자와 겉옷은 보이지 않았다. 다시 문이 끼익 하는 소리와 함께 활짝 열렸고, 시트루프가 바냐를 보지 못한 채 분노로 창백해진 얼굴로 복도로 나왔다. 잠시 후 붉은 실크 루바시카를 입은 표도르가 허리띠도 매지 않은 채 손에는 목이 긴 유리병을 들고 그의 뒤를 따라갔다. "무슨 일이시죠?" 바냐에게 묻는 그는 분명 누구인지 못 알아보는 듯했다. 표도르의 얼굴은 상기되어 술에 취했거나 화장을 한 사람처럼 붉었다. 루바시카에는 허리띠를 두르지 않았고 머리칼은 살짝 인두로 지지기라도 한 듯 깔끔했다. 그에게선 시트루프의 향수 냄새가 진동했다.

"무슨 일이시죠?" 그가 자신을 뚫어져라 보는 바냐에게 다시 물었다.

"라리온 드미트리예비치 계신가요?"

"안 계십니다."

"방금 그분을 봤는데요?"

"죄송합니다만 나리께서는 매우 바쁘셔서 아무도 맞으실 수 없습니다."

"그럼 가서 내가 왔다고 전해주세요."

"지금은 안 됩니다. 아마 다음에, 다른 때 오시는 게 낫겠습니다. 지금 그분께서는 당신을 맞으실 수 없습니다. 혼자 계시는 게 아니라서요." 표도르가 목소리를 낮췄다.

"표도르!" 복도 저 끝에서 시트루프가 부르는 소리가 들리자 그는 발소리도 내지 않고 잽싸게 달려갔다.

바냐는 몇 분간 그대로 서 있다가 문을 반만 닫고 계단으로 내려갔다. 누그러졌어도 화난 것이 분명한 목소리가 문 뒤에서 다시 크게 울렸다. 수위실에서 잿빛이 도는 녹색 드레스와 짧은 검은 재킷을 입은 아담한 여인이 거울을 보며 베일 매무새를 다듬고 있었다. 바냐는 그녀의 등 뒤로 지나가면서 거울에 비친 모습을 힐끗 보았는데 분명 나타였다. 베일 매무새를 고친 나타는 서두르지 않고 계단으로 올라가 시트루프의 아파트 초인종을 눌렀다. 때마침 온 수위가 바냐에게 밖으로 나가는 문을 열어주었다.

"이게 대체 무슨 일이야?" 조간 신문을 읽다가 알렉세이 바실리예비치가 갸우뚱했다. "수수께끼에 휩싸인 자살 사건. 어제 5월 21일, 푸르시타츠카야 거리 N번지 영국인 L. D. 시트루프 씨의 아파트에서 희망과 열정이 가득하던 젊은 숙녀 이다 골베르크 씨가 스스로 목숨을 끊었다. 자살한 젊은 여인은 유서로 남긴 쪽지에 자신의 죽음은 누구의 탓도 아니라고 밝혔지만 이 애통한 사건의 전모는 이면에 애정문제가 있음을 추측게 한다. 아파트 주인의 말에 따르면, 고인은 격렬한 언쟁을 벌이던 중 종이쪽지에 무언가를 적고는 그, 즉 시트루프 씨가 여행을 위해 장만한 리볼버를 손에 쥔 후 현장에 있던 사람들이 조치를 취하기도 전에 자신의 오른쪽 관자놀이에 대고 방아쇠를 당겼다. 시트루프 씨의 하인인 표도르 바실리예비치 솔로비요프 씨(오를롭스카야 도 출신 농민)가 사건 당일 흔적도 없이 사라지고 이 운명의 사건이 일어나기 삼십 분 전 시트루프 씨의 아파트에 찾아온 숙녀의 신원과 그녀가 이 비극적 결말에 영향을 미친 정도가 밝혀지지 않아 사건은 더욱 미궁에 빠져들고 있다. 조사가 계속 진행 중이다."

다탁에 앉은 모두가 침묵했고 나프탈렌 냄새가 흠뻑 밴 방 안에는 시계 소리만 들렸다.

"이게 도대체 뭐지? 나타 누나? 나타? 뭔가 알고 있죠?" 마침내 바냐가 격앙된 목소리로 물었지만 나타는 포크로 빈 접시만 긁을 뿐 아무 말도 하지 않았다.

2부

"바냐, 한번 생각해봐요, 완전 낯선 사람이, 그러니까 다리도 살갗도 눈도 아주 다른 낯선 사람이 온전히 당신만의 것이어서, 그 자체로 당신의 것이어서 언제든 그를 바라보고 입맞추고 만질 수 있다면 얼마나 황홀할까요. 그의 몸 은밀한 곳 반점까지 하나하나, 팔에 난 금빛 터럭 하나까지도, 당신이 그토록 사랑하는 살갗의 볼록 튀어나온 곳, 움푹 들어간 곳까지도 말이죠. 그럼 당신은 그가 어떤 모습으로 걷는지, 먹는지, 자는지, 또 그가 미소 지을 때 얼굴에 어떻게 주름이 잡히는지, 또 그가 무엇을 생각하는지, 그의 몸에서는 어떤 냄새가 나는지 다 알게 되는 거예요. 그때 당신은 더는 당신 자신이 아닌 게 되죠, 당신이 그와 하나가 된 것처럼요. 살과 피부가 그에게 딱 달라붙는 거예요. 바냐, 사랑만 있다면 이 땅에 더 큰 행복은 없어요. 그리고 사랑이 없다면 삶은 얼마나 견디기 힘들까요! 바냐, 그러니까 내 말은 무엇을 사랑하지 않으면서 소유하는 것보다 사랑하면서 소유하지 않는 게 더 쉽다는 거예요. 결혼, 그래, 결혼이라는 것은 사제가 축복하고 아이들이 생겨나는 그런 흔한 성사聖事가 아니에요. 봐봐, 고양이도 일 년에 네 번씩 새끼를 물고 오잖아요. 결혼은 영혼이 불타올라서 일주일 아니 단 하루라도 다른 이에게 자신을 내어주고 당신도 그를 완전히 갖는 일이랍니다. 둘의 영혼이 불타오른다면 그것은 신께서 그들을 하나로 만들어주신 덕분이죠. 차가운 심장으로, 또는 계산에 따라 사랑을 하는 것은 명백히 죄예요. 하지만 불타오르는 손가락에 데어본 자는 그가 무슨 짓을 하건 주님 앞에 순결한 자로 남을 거예요. 사랑의 영혼이 건드린 자는 그가 무슨 짓을 했건 얼마든지 용서받을 거예요. 왜냐하면 영혼 깊은 곳에서, 그가 느끼는 환희 안에서 이제 그는 자기 자신이 아니거든요……"

그리고 마리야 드미트리예브나는 흥분하여 벌떡 일어나 사과나무들 사이를 이리저리 거닐더니 바냐가 앉아 있는 벤치의 옆자리에 앉았다. 벤치에서는 볼가 강이 절반쯤 보였고 강 건너편으로는 숲이 끝없이 이어졌다. 저 멀리 오른편으로는 강 너머 마을의 하얀 교회가 보였다.

"바냐, 사랑이 건드리는 손길을 느끼면 얼마나 두려운지요. 기쁘기도 하지만 정말 두려워요. 날아가는 것 같다가도 꿈속인 듯 끝없이 추락하고 죽어가는 것 같죠. 그럴 때면 어딜 가든 당신을 관통한 무언가가, 사랑스러운 얼굴에 있는 그 하나만 보이는 거예요. 눈이랄지, 머리칼이랄지 아니면 걸음걸이랄지. 정말이지 이상한 일이죠. 사실 그건 하나의 얼굴일 뿐인데, 그 얼굴에 대체 뭐가 있기에 그런 걸까요? 얼굴 한가운데 있는 코, 입, 두 눈. 그 얼굴에 있는 무엇이 그토록 흥분케 하고 사로잡는 걸까요? 사실 꽃이나 비단처럼 감탄하면서 바라볼 수 있는 아름다운 얼굴들은 많잖아요. 그런데 그 얼굴은 아름답지 않아도 온 영혼을 뒤흔들어놓고, 모든 사람이 아니라 오직 내게만 유일한 존재가 되는 거죠. 왜 그런 걸까요? 그리고," 여인은 약간 말을 더듬으며 덧붙였다. "보통 남자는 여자를 사랑하고 여자는 남자를 사랑하죠. 그런데 여자가 여자를 사랑하고 남자가 남자를 사랑하는 경우도 있어요. 진짜예요, 내가 성자전에서 읽었어요. 성녀 에우제니아, 니폰트, 보롭스크의 파프누티도. 그랬고, 차르 이반 바실리예비치에 대한 이야기도 있어요.* 그다지 힘든 일은 아닐 테죠, 신께서 이 껄끄러운 가시를 사람의 마음속에 집어넣으실 리 없다고 믿는 건. 하지만 바냐, 신께서 마음에 집어넣으신 것을 거스르기란 정말 힘든 일일 뿐 아니라 죄일 수도 있답니다."

태양이 저 멀리 톱니 모양 침엽수림 뒤로 거의 넘어갔고 볼가 강이 춤추는 물굽이 세 곳이 장밋빛이 섞인 금빛으로 물들었다. 마리야 드미트리예브나는 말없이 강 건너 어두운 숲과 창백해져가는 저녁 하늘의 붉은 빛을 바라보았다. 바냐는 입을 반쯤 벌린 채 온 정신을 다하여 상대방의 이야기를 계속 듣고 있다는 듯 침묵하다가 갑자기 슬픈 듯이, 나무라듯이 말했다.

"그리고 그런 사람들이 죄를 짓는 경우도 있죠, 호기심이나 자만심, 아니면 탐욕 때문에."

"당연히 그렇기도 하죠. 그들의 죄는," 자세를 바꾸지도, 바냐 쪽으로 몸을 돌리지도 않은 채 마리야 드미트리예브나는 어딘가 구차스러운 말투로 토로했다. "그 사람들 안에 집어넣어진 것은 아, 얼마나 힘든 것인지 몰라요, 바네치카! 내가 불평하는 건 아니에요. 다른 사람들에게는 삶이 가볍고 쉬운데 왜 하필 이들의 삶은 소금을 안 친 양배추수프 같은 걸까요, 배는 부르지만 맛은 없는."

방, 발코니, 현관, 그리고 사과나무들이 있는 마당을 지나면 지하실로 이어졌다. 지하실은 어두웠고 엿기름 냄새,

양배추 냄새, 그리고 약간은 쥐 냄새가 났지만 덥지도 않고 파리도 없었다. 빛이 잘 들도록 테이블을 입구 맞은편으로 옮겼는데도 마당을 뛰다시피 가로지르며 음식을 나르는 말라니야가 어두운 가운데 계단을 내려오려고 잠시 들창 앞에 멈춰 설 때면 지하실은 더 어두워졌고, 그럴 때마다 찬모는 어쩔 수 없다는 듯 툴툴거렸다. "아이고 어두워라, 주여 용서하소서! 도대체 어쩌자고 이 아래까지 기어들어오는 건지들!" 말라니야를 기다리다 못한 손님들은 이반 오시포비치와 함께 점심을 먹는 가겟집 점원 곱슬머리 세르게이에게 음식을 가지러 뛰어갔다 오라고 하기도 했다. 그가 지하실에서 나와 두 팔로 접시를 높이 받쳐들고 마당을 건너오면 그 뒤를 따라 찬모가 숟가락이며 포크를 챙겨들고 오며 소리치는 것이었다. "누가 음식을 안 갖다바치기라도 하나? 세르게이를 왜 그렇게 닦달하는 거

* 여기서는 마리야 드미트리예브나가 유명한 인물들의 생애에서 읽었던 동성애 관련 일화들을 가리키는 것으로 보인다. 성녀 에우제니아는 로마 출신으로 세례를 받기 위해 남자 옷을 입었고 계속 남장을 하여 수도원장까지 되었다. 성 니폰트는 12세기경 노브고로드의 주교로 활동했는데, 소녀들 간의 사랑은 소녀와 성인 남성 간의 사랑보다 가벼운 죄라고 보았다. 보롭스크에 유명한 수도원을 세운 복자 파프누티의 성자전에는 연인 사이였던 두 수도사가 수도원을 떠나려고 했다가 회개한 일화가 나온다. 차르 이반 바실리예비치는 폭군으로 유명한 이반 뇌제를 가리키는데, 그는 친위대원 표도르 바스마노프와 연인 사이였던 것으로 전해진다.

야? 안 그래도 내가 지금 당장……"

"빨리도 가져오셨겠죠. 그런데 보시다시피 우리가 이미 챙겨왔습니다." 세르게이는 아리나 드미트리예브나 앞에서 접시를 쨍그랑거리며 반박하고는 빙긋 웃으며 이반 오시포비치와 사샤 사이에 자리를 잡았다.

"도대체 하느님은 왜 이렇게 더운 날을 내리셨을까?" 세르게이가 따져 물었다. "이렇게 더운 날은 아무 짝에도 쓸모가 없는데. 물도 마르고 나무들도 바싹바싹 타들어가고, 모두 고생만 하는구만……"

"곡식이 익으라고 그러시는 거지."

"날이 좋지 않아도, 잘 돌보지 않아도 마찬가지로 곡식에도 별 이득이 없을 것 같은데요. 제때든 제때를 벗어나든 다 하느님이 보내주시는 거잖아요."

"제때를 벗어난다는 건 죄를 시험하시는 거야."

"그런데 말이지," 이반 오시포비치가 끼어들었다. "우리 마을에 노인네 하나가 더위로 죽었다고 합디다. 아무도 괴롭히지도 않고 성지순례도 다니던 양반인데 더위에 쪄 죽다니. 도대체 이 무슨 조화일까요?"

세르게이는 잠자코 있었지만 내심 의기양양해졌다.

"그 사람은 그러니까 자기 죄가 아니라 남의 죄 때문에 해를 입은 거로구먼." 별로 자신 없는 목소리로 프로호르 니키티치가 결론을 내렸다.

"아니 어떻게 그렇습니까? 다른 놈들은 술이나 퍼마시고 놀러 다니는데, 주님이 그런 놈들 때문에 죄 없는 늙은이들을 죽이신다고요?"

"저기, 한말씀 올릴게요, 어르신들이 빚을 갚지 않아서 제가 대신 토굴에 갇혔다고 생각해보자고요. 그게 어디 온당한 일입니까?" 세르게이가 지적했다.

"양배추수프나 들어, 이건 무슨 쓸모고 저건 무슨 쓸모니 헛소리하지 말고. 네놈이야말로 무슨 쓸모가 있냐? 네가 날 더운 거 생각하다가 더운 날이 무슨 쓸모가 있느냐 말을 꺼냈으니, 아마 날씨도 세료시카 네놈이 뭐에 쓸모 있는지 궁금해할 거다."

다들 배부르게 먹은 후 그들은 오랫동안 나른하게, 누구는 사과를 또 누구는 잼을 곁들여 차를 마셨다. 세르게이가 다시 지겹고 골치 아픈 이야기를 시작했다.

"뭐가 뭔지 참 알기 어려울 때가 있어요. 자, 군인이 사람을 죽였다고 치죠, 나도 사람을 죽였고요. 그런데 군인은 게오르기 훈장을 받고 나는 징역을 살아야 한단 말이에요. 왜 그런 거죠?"

"알고 자시고 할 게 뭐가 있냐? 들어봐, 이런 거야. 남편이 부인이랑 사는 거랑 총각이 아무 여자하고 농탕질을 부리는 거랑 같이 놓고 보자. 누구는 둘 다 같은 거라고 말하겠지만 어디까지나 다른 거지. 어려울 게 뭐가 있어?"

"난 모르겠는데요." 세르게이가 눈을 크게 뜨고 맞받아쳤다.

"생각을 해봐. 일단," 프로호르 니키티치는 마치 단어뿐만 아니라 생각을 찾는 듯한 투로 말했다. "자, 첫째, 결혼한 남자는 한 여자 하고만 산다, 이거지. 그런데 두 사람이 조용히 아무 일 없이 살고 서로에게 너무 익숙해지다 보니 남편한테는 부인을 사랑하는 게 카샤*를 먹거나 집에 찾아온 관리인들을 욕하는 것만큼이나 일상적인 일인 거야. 그런데 두 번째 경우의 연놈들은 머릿속에 든 건 없이 항시 히히하하거리고 이랬다저랬다 하면서 정도를 모르거든. 하나는 법도라는 것이고, 다른 하나는 음탕함이라는 거야. 행동에 죄가 있는 게 아니라 행동이 어떤 일에 쓰이는지, 그 쓰임에 죄가 있는 법이지."

"잠깐만요, 하지만 남편이 부인을 끔찍이 사랑하고, 남자가 정부에게 익숙해진 나머지 그녀에게 입맞춤하는 것이 모기를 눌러 죽이는 일만큼이나 익숙해지는 것도 흔히 있는 일이에요. 그럼 법도가 어디 있고 음탕함이란 게 어디 있는지 어떻게 알죠?"

"사랑 없이 그 짓을 하면 더러운 거지 뭐겠어." 갑자기 마리야 드미트리예브나가 끼어들었다.

"지금 '더럽다'고 했지? 말의 의미를 아는 걸로는 불충분해. 그게 무슨 힘을 갖는지 알아야지. 성경 말씀에도 있듯 우상에 제물을 바치는 건 '더러운' 일이야. 또, 이를테면 토끼를 먹는 것도 더러운 일이거나 음탕한 일이지."

"아니 왜 자꾸 '음탕', '음탕' 거리는 거예요? 사내애들 듣는 앞에서 무슨 소리람!" 아리나 드미트리예브나가 큰 소리로 꾸짖었다.

"그게 뭐 어때서, 애들도 다 알아. 그렇습죠, 이반 페트로비치?" 소로킨 노인이 바냐에게 물었다.

"네? 뭐가요?" 바냐는 갑자기 정신이 번쩍 들었다.

"지금 하는 얘기들을 어떻게 생각하느냔 말입니다."

"아, 그게, 다른 사람 일을 이렇다 저렇다 말하긴 어려울 것 같아요."

"오, 우리 바네치카가 옳은 말씀을 하셨네." 아리나 드미트리예브나가 기뻐했다. "절대 남 욕을 해서는 안 되죠. 성경 말씀에도 있잖아요. '남을 심판하지 마라, 그래야 너희도 심판받지 않는다.'**"

"뭐, 어떤 사람들은 남 욕을 안 해도 항시 욕먹고 사는

* 곡물에 소금, 설탕, 우유, 과일 등을 넣어 끓인 러시아식 죽. 러시아의 전통적인 아침식사다.

** 마태오 복음 7장 1절.

구먼." 소로킨이 자리를 털고 나가며 말했다.

부두와 선교에는 흰 빵이며 말린 생선, 산딸기, 소금에 절인 오이를 파는 장사치들만 남아 있었고, 알록달록한 루바시카를 입은 선착장 일꾼들은 난간에 기대서 강물에 침을 찍찍 갈겨댔다. 아리나 드미트리예브나는 소로킨 노인을 데려와 증기선에 태웠고 자신은 넓은 사륜마차에 앉아 있는 마리야 드미트리예브나 옆에 앉았다.

"마셴카, 우리가 어떻게 레표시카* 챙기는 걸 잊었다니? 프로호르 니키티치께서 차랑 같이 드시는 걸 그렇게 좋아하시는데 말이야."

"그러게요, 정말 잘 보이는 데다 놔뒀는데……"

"파르폰, 그럼 네가 챙기라고 얘기했어야지!……"

"왜 저한테 그러시나요? 밖에 보이는 데다 놔뒀는데 깜박했으면 당연히 내가 챙기라고 소리쳤겠죠. 나는 집 안으로는 들어간 적도 없습니다." 늙은 일꾼이 변명했다.

"이반 페트로비치, 사샤! 어디들 가는 거예요?" 아리나 드미트리예브나가 이미 언덕으로 막 올라가기 시작한 젊은이들을 불렀다.

"엄마, 우리는 걸어서 갈게요. 오솔길을 따라서 가면 우리가 먼저 도착할 거예요."

"그래, 가라, 가렴. 젊으니까 다리가 얼마나 튼튼하겠어. 그래도 이반 페트로비치, 우리랑 같이 타고 가지 않을래요?" 그녀가 바냐를 설득하려고 했다.

"아뇨, 괜찮습니다, 저도 걸어가겠어요. 신경써주셔서 고맙습니다." 언덕을 반쯤 올라간 바냐가 소리쳤다.

"저기 류비모보에서 오는 배가 들어온다." 사샤가 학생모를 벗고 고개를 돌려 살짝 땀에 젖어 벌게진 얼굴에 바람을 맞으며 말했다.

"프로호르 니키티치는 오랫동안 떠나 계시는 거야?"

"아니, 표트르 축일** 전까지만 운자 강***에 계실 거야, 그냥 둘러보러 가시는 거라 일이 많지 않거든."

"그런데 사샤, 정말 아버지랑 같이 안 가?"

"난 항상 아버지랑 다니잖아. 또, 바냐 네가 우리 집 손님으로 와 있어서 난 안 갔어."

"왜? 괜히 나 때문에 난처해지는 거 아니야?"

사샤는 사방으로 검은 머리칼이 휘날리자 학생모를 다시 눌러썼고 미소 지으며 말했다.

"아냐, 난처할 거 하나도 없어, 바네치카. 나는 바네치카

* 둥글고 한가운데를 납작하게 누른 모양의 빵.

** '성 베드로와 성 바오로 사도 대축일'을 러시아식으로 부르는 이름으로 구력 6월 29일(신력 7월 12일)이다.

*** 볼고그라드 주와 코스트로마 주를 흐르는 볼가 강의 왼쪽 지류.

너랑 있는 게 더 좋아. 엄마랑 이모랑만 있으면 너무 지겨웠을 텐데 이렇게 너랑 같이 있으니까 참 좋다." 그는 잠시 말을 멈추더니 생각에 잠긴 듯 말을 이어갔다. "다들 운자 강이나 베틀루가 강*, 모스크바 강 이런 데 가면 눈 먼 사람처럼 되거든! 온통 숲, 숲밖에 없고 나무니 목재니 하는 얘기만 하지. 얼마인지, 운송하는 데는 또 얼마나 드는지, 널빤지며 대들보가 얼마나 나올지, 이게 다야! 아버지는 벌써부터 내게 그런 일을 가르치려고 준비하고 있어. 어딜 가든 말이지, 숲 지키는 사람들한테 가든, 선술집을 가든 언제나 똑같은 얘기뿐이야. 얼마나 지겨운지 몰라. 어떤 목수가 있는데 항상 교회만 짓고, 그것도 교회 전체를 짓는 게 아니라 처마 밑에 있는 돌림띠 일만 한다고 생각해봐. 그런 사람은 아무리 세상 여기저기를 다녀도 교회 처마만 보느라 세상 사람들이 어떻게 사는지, 무슨 생각을 하는지, 어떻게 기도하고 사랑하는지 모를 거야. 그 고장의 나무나 꽃은 보지도 못하고 오로지 처마의 돌림띠만 보겠지. 사람이란 강이나 거울 같아야 한다고 생각해. 그렇게 자신에게 비춰지는 것들을 받아들여야 하지. 그럼 볼가 강처럼 사람 안에도 해, 구름, 숲, 높은 산, 교회들이 있는 도시가 비칠 거야. 이렇게 모든 것에 똑같이 열려 있다 보면 그 모든 것들을 자기 안에 모을 수 있겠지. 하나에만 매달리는 사람은 그 하나에게 잡아먹힐지 몰라. 욕심만큼 헛된 게 있을까? 신에 대한 거라면 더더욱 그렇고."

"신에 대한 거라니?"

"교회에 관련된 거지, 뭐겠어. 만날 그런 것들만 생각하고 읽는 사람들은 다른 건 이해하지 못할 거야."

"하지만 세상일에 동떨어져 있지 않은 주교들도 있잖아, 예를 들면 너희 인노켄티 주교 같은 분."

"물론 있긴 하지. 그런데 내 생각에 그 사람들은 정말 나쁜 짓을 하고 있어. 모든 걸 한 가지 방식으로만 생각하면서 좋은 주교, 좋은 장교, 좋은 상인이 될 순 없는 법이야. 나는 그래서 바냐 네가 정말 부러워. 아무도 네게는 꼭 뭐가 되어야 한다고 강요하지 않잖아. 우리는 동갑인데도 바냐는 내가 모르는 것들을 다 알고 있고."

"에이, 내가 다 알고 있다니 무슨 말이야! 우리 김나지움에서는 아무것도 안 가르쳐주는걸!"

"하나만 외골로 아는 것보다 차라리 아무것도 모르는 게 나아."

아래쪽에서 드로시키** 바퀴가 덜그럭거리는 소리가 들

* 유럽 러시아 중심부를 흐르는 볼가 강의 왼쪽 지류로 1778년 같은 이름의 도시가 강변에 세워졌다.

** 2인용 좌석에 용수철이 달린 무개사륜마차.

렸고, 저 멀리 강에서 큰 목소리로 욕하는 소리와 노를 찰박거리는 소리가 들려왔다.

"올 때가 되었는데 안 보이네!"

"아마 로기노프한테 들렀다 오느라 늦는 걸 거야." 사샤가 풀밭에 앉은 스무로프 옆에 앉으며 말했다.

"그런데 우리 진짜 동갑이야?" 바냐가 볼가 강 너머 작은 구름들의 그림자가 내달리는 풀밭을 바라보며 물었다.

"응, 아마 같은 달에 태어났을걸. 내가 라리온 드미트리예비치한테 물어봤어."

"사샤, 라리온 드미트리예비치를 잘 알아?"

"잘 안다고 하기는 그렇고, 사실은 얼마 전에 알게 되었어. 한번 보고 바로 알 수 있는 부류의 사람은 아니지."

"그분 집에서 일어난 일에 대해 혹시 들은 거 없어?"

"피테르*에 있을 때 들은 적 있어. 그런데 그런 거 다 거짓말이라고 생각해."

"어떤 게 거짓이란 말이야?"

"그 아가씨가 스스로 죽은 게 아니라는 것. 내가 그 여자 분을 직접 본 적 있거든. 라리온 드미트리예비치가 정원에서 그녀를 보여줬어. 어찌나 묘한 사람이던지! 그때 내가 라리온 드미트리예비치에게 말했어. '제 말을 잘 기억해두세요. 이 아가씨는 좋게 끝나지 않을 겁니다.' 내가 보기에 그녀는 약간 모자란 사람처럼 보였어."

"그래, 하지만 총을 쏘지 않더라도 누군가의 자살의 원인이 될 순 있어."

"아니, 바네치카, 누군가 자신과 관련 없는 일에 저 혼자서 상심해 자살한다면 아무도 그 죽음의 원인이 되지 않아."

"이다 파블로브나가 목숨을 끊은 건 시트루프 씨 탓이라는 거고?"

"그게 아니라면 그녀가 왜 스스로를 쏘았겠어?"

"내 생각에는 사샤 네가 알 것 같은데?"

"그게 아니면 표도르 때문이라고?"

"내 생각은 그래." 바냐가 당황하며 말했다.

소로킨은 오랫동안 대답하지 않았고, 바냐가 눈을 들어 그를 보았을 때 그는 파르푠이 모는 드로시키가 올라오고 있는 비탈길을 완전히 무심하게, 심지어 약간 화가 난 듯 바라보았다. "사샤, 왜 대답을 안 해?"

그는 바냐를 흘끗 보고는 화난 목소리로 무덤덤하게 말했다.

"표도르는 평범한 젊은이에 농부야. 그런데 왜 그런 사람 때문에 스스로에게 총을 쏜단 말이지? 네 생각대로라면 라리온 드미트리예비치는 말을 위해서 마부도 쓰지 말

* 구어(口語)로 페테르부르크를 줄여서 부르는 말.

아야 하고, 문을 위해서 수위도 쓰지 말아야 해. 이가 아파도 의사에게 가지 말아야 하고. 표도르가 없어야 했다면 아마……"

"우리를 기다리고 있었니?" 아리나 드미트리예브나가 드로시키에서 내리며 소리쳤다. 파르폰과 마리야 드미트리예브나가 작은 가마니들과 자루들을 꺼냈고, 마당을 지키는 검은 개가 짖어대며 빙글빙글 돌았다.

표트르 축일에 소로킨 일가는 볼가 강 너머 40베르스타*쯤 떨어진 구교도의 암자에 다녀오기로 했는데, 큰 축일에 사제와 함께 오전 예배도 드리고 암자 근처 양봉장에 사는 소로킨 일가의 먼 친척인 안나 니카노로브나를 보려는 것이었다. 또, 프로호르 니키티치의 딸들이 살고 있는 체렘샤니로의 여행은 일리야 축일**로 미뤘는데, 장터에 가보고 싶어하는 바냐가 장터가 파하는 날까지 그들 집에 손님으로 머물기로 했기 때문이었다. 9월이 되면 여자들은 체렘샤니에서, 남자들은 니즈니 노보고로드에서 이곳으로 돌아오기로 했고, 바냐는 8월 말에 이곳을 들르지 않고 바로 페테르부르크로 갈 계획이었다. 출발하기 나흘 전쯤 저녁나절에 여행 준비를 거의 마친 그들이 차를 마시며 이미 열 번도 더 한, 누가 어디로 가는지에 대한 얘기를 나누고 있을 때, 저녁 배달을 도는 우체부가 이 곳에 와 한 번도 편지를 받지 못한 바냐에게 편지 두 통을 전해주었다. 하나는 안나 니콜라예브나에게서 온 편지로, 바실***에서 60루블 정도 하는 작은 다차를 알아봐 달라는 내용이었다. 요컨대 나타는 몸이 약해져 페테르부르크 근교의 다차에는 지낼 수 없으며, 코카는 항코 근처의 난탈리로 슬픔을 떨치러 떠났고, 알렉세이 바실리예비치, 코스탸 삼촌 그리고 보바는 하릴없이 도시에 남을 거라는 내용이었다. 다른 편지는 코카에게서 온 것인데, '그 악한이 파멸시킨 이상적인 여인의 죽음'을 슬퍼하는 부분도 있었지만, 지내는 집 근처에 카지노가 있다는 둥, 옆구리가 시려도 아가씨는 세상에 많다는 둥, 매일같이 자전거를 타고 다닌다는 둥 하는 이야기들이 주절주절 적혀 있었다.

'왜 내게 이런 얘길 다 썼지?' 바냐는 편지를 읽고 생각했다. '혹시 나 말고는 얘기할 사람이 없는 걸까?'

"아주머니가 제 사촌누나와 함께 이곳에 오고 싶다고

* 옛 러시아의 거리 단위로 1베르스타는 약 1,067미터이다.

** 선지자 엘리야를 기리는 정교회 축일로 구력으로 7월 20일(신력으로 8월 2일)이다. 일리야는 엘리야의 러시아식 이름이다. 농민들은 선지자 엘리야가 비를 내려줘 풍성한 수확을 가져다준다고 믿었다.

*** 바실수르스크를 줄여서 부르는 이름.

다차를 알아봐달라고 부탁하시네요."

"아마 게르마니하 집안에 안 쓰는 다차가 있을 거예요. 아스트라한 사람들이 오고 싶어한다더니 어쩐 일인지 오질 않네요. 여기서 멀지 않아요."

"아리나 드미트리예브나, 혹시 60루블에 다차를 빌려줄 수 있는지 알아봐주실 수 있으세요? 그밖에 이런저런 것들도 좀 여쭤봐주세요."

"50루블에도 빌려줄 거예요. 걱정 마세요. 제가 잘 처리할게요."

자기 방으로 돌아온 바냐는 촛불도 켜지 않고 오랫동안 창가에 앉아 있었는데, 페테르부르크, 카잔스키 가 사람들, 시트루프와 그의 아파트, 그리고 어쩐 일인지 그가 마지막으로 본 표도르의 모습이 유난히 떠올랐다. 허리띠를 두르지 않은 붉은 실크 루바시카, 새빨갛게 달아오른 뺨을 어색해하며 미소 짓던 얼굴, 손에 든 목이 긴 유리병. 바냐는 촛불을 켜고 《로미오와 줄리엣》이 수록된 셰익스피어 작품집을 꺼내 읽어보려 했다. 사전도 없고 시트루프도 없어서 열에 다섯 정도만 이해했지만 어떤 아름다움과 삶의 급류가 갑자기 그를 덮쳤고, 예전에는 한 번도 느껴보지 못한 친근한 것이, 오랫동안 보지 못했던 것이, 반쯤 잊고 있던 것이 안에서 되살아나 뜨거운 두 팔로 그를 안았다. 조용히 문 두드리는 소리가 들렸다.

"누구세요?"

"나예요, 들어가도 돼요?"

"네, 들어오세요."

"방해해서 미안해요." 마리야 드미트리예브나가 들어오면서 말했다. "레스톱카*를 가져왔어요, 가방에 넣어둬요."

"아, 그렇군요."

"뭘 읽고 있었어요?" 마리야 드미트리예브나는 나가지 않고 뜸을 들였다. "《프롤로그》**를 읽고 있는 줄 알았어요."

"아니에요, 영국 희곡을 읽고 있던 중이었어요."

"그렇군요, 《프롤로그》인가 했어요, 내용이 들리지는 않았는데 강세에 맞춰 읽고 있길래요."

"제가 정말 소리 내서 읽었던가요?" 바냐가 놀라서 물었다.

"네, 정말로요…… 레스톱카는 책장에 올려둘게요……

* 러시아정교회가 분열되기 이전부터 사용해온 일종의 묵주. 알들이 둥근 일반적인 묵주와는 다르게 작은 계단 모양들로 이루어져 있다. 이는 땅에서 하늘로 오르는 영적 상승을 위한 계단을 상징한다. 예전에는 러시아 구교도들이 주로 많이 사용했으며 오늘날에도 많은 정교도들이 기도할 때 사용한다.

** 그리스어에서 번역한 러시아정교회의 교훈서로 성인들의 생애와 축일, 교훈적인 내용의 설교와 이야기들이 수록되어 있다.

잘 자요."

"안녕히 주무세요."

마리야 드미트리예브나는 이콘 앞의 현수등을 바로잡고는 문을 조용히 꼭 닫고 소리 없이 멀어졌다. 잠이 달아난 바냐는 갑에 든 이콘들, 현수등, 구석에 놓인 철제 부품으로 장식한 궤짝, 정갈한 잠자리, 하얀 커튼을 친 창문 옆의 견고한 탁자를 놀란 마음으로 바라보았다. 하얀 커튼 너머로 별이 총총한 하늘과 정원이 보였다. 그는 책을 덮고 촛불을 불어 껐다.

"늪에 물망초들 좀 봐요!" 마리야 드미트리예브나가 연신 감탄을 터뜨렸다. 그들은 마차를 타고 늪 근처 풀밭을 지나고 있었는데, 하늘색 꽃들과 키 큰 수초들에 온통 뒤덮여 있었고, 수초마다 왕잠자리들이 초록빛 도는 작은 몸뚱이와 반짝이는 날개를 보이지 않게 떨었다. 아리나 드미트리예브나와 사샤가 탄 브리치카*를 앞서 보낸 그녀는 바냐와 함께 짐마차에서 내려 늪과 숲을 따라 걷기도 하고 다시 짐마차에 타기도 하고 꽃을 따기도 하면서 흥얼흥얼 노래를 부르고 혼잣말을 하듯 바냐에게 계속 이야기했다. 꼭 숲, 햇살, 푸른 하늘, 하늘색 꽃들에 취한 것 같았다. 바냐는 소녀처럼 밝게 빛나며 새삼 젊어진 이 서른 살

여인의 얼굴을 관대함에 가까운 마음으로 바라보았다.

"모스크바에 있던 우리 집에는 정말 멋진 정원이 있었어요. 우리는 자모스크보레치예**에 살았는데, 사과나무, 라일락이 자랐고 구석에는 옹달샘이랑 까치밥나무 덤불도 있었지요. 여름에도 우리 식구들은 아무 곳에도 가지 않아서 난 하루 종일 정원에서 살다시피 했어요. 잼도 끓이고 하면서…… 바네치카, 있잖아요, 난 뜨거운 흙 위를 맨발로 걷는 걸 좋아하고 시냇가에서 멱 감는 것도 정말 좋아해요. 물속에 잠긴 내 몸을 보면 햇살의 흔적이 피부 위에서 반짝여요. 물속으로 풍덩 들어가서 눈을 떠보면 온통 초록색, 초록색이고 작은 물고기들이 헤엄치는 것이 보여요! 그리고 뜨거운 모래에 누워 몸을 말리면 산들바람이 불어오는데 얼마나 기분 좋은지 몰라요! 친구들 없이 혼자 누워 있으면 더욱 좋고요. 늙은 여자들은 육신도 죄고, 꽃이랑 아름다움도 죄고, 몸을 씻는 것도 죄라고 말하는데 그건 다 틀린 말이에요. 모두 죄라면 주님께서 그것들을 만드셨을 리 있을까요? 물도, 나무도, 몸도? 진짜 죄는 주님의 뜻을 거스르는 거죠. 예를 들면, 뭔가에 마음이 가

* 경량 여객마차. 서부 및 남부 러시아에 많이 보급되었다.

** 크렘린 건너편 모스크바 강 이남 지역으로 주로 부유한 상인들이 살던 곳이다.

도록 운명이 지어졌는데, 뭔가를 향한 열망이 느껴지는데 그 마음을 허하지 않는 것, 그것이 죄예요! 바냐, 우리는 항상 서둘러야 해요, 이러쿵저러쿵 할 시간이 얼마 없다고요! 착실한 안주인이 나중에는 구하지 못할 것을 미리 알고 제때에 양배추며 오이를 저장해두는 것처럼 바냐, 우리도 때를 놓치지 않고 많은 것들을 실컷 보고 실컷 사랑하고 실컷 숨쉬어야 해요! 우리의 삶이 과연 길까요? 젊음은 더욱 짧고 지나간 순간은 돌아오지 않아요. 그 사실을 언제나 잘 기억해두어야 해요. 그러면 막 눈을 뜬 아이처럼, 혹은 죽음을 맞고 있는 사람처럼 삶이 두 배는 더 달콤해질 거예요."

멀리서 아리나 드미트리예브나와 사샤의 목소리가 들렸다. 뒤에서 파르폰의 짐마차가 진창에 깔아놓은 통나무길을 따라 덜컹거리며 달려오고 있었다. 파리들이 윙윙거렸고 풀과 늪과 꽃이 진한 냄새를 풍겼다. 날은 더웠고, 마리야 드리트리예브나는 검은 옷을 입고 있었고, 머리에 대충 쓴 하얀 숄이 바람에 팔랑거렸다. 짐마차 안에서 바냐 옆자리에 앉은 그녀는 피로와 열기 때문에 창백해졌어도 새카만 두 눈을 빛내며 상체를 살짝 숙인 채 꺾어온 꽃들을 골라내는 데 열중했다.

"내가 혼자 하는 생각이나 당신에게 하는 말이나 별로

중요할 건 없어요, 바네치카, 당신의 영혼은 아직 어리니까요."

굽은 길을 지나자 숲속의 넓은 공터가 나왔고 안쪽으로 입구를 낸 집들이 옹기종기 모여 있었다. 그중 많은 집들이 창문이 아예 없거나 아니면 위쪽에만 창문을 낸 헛간처럼 생겼는데, 길도 딱히 없는 곳에서 오래 버틴 까닭인지 회색이 되어 있었다. 사람들은 보이지 않았고 암자에서 들려오는 개 짖는 소리만이 아리나 드미트리예브나와 사샤가 탄, 흙먼지를 뒤집어쓴 브리치카를 맞이했다.

오전 예배가 끝나고 소로킨 집안 사람들과 바냐는 암자에서 반 베르스타 떨어진 양봉장에 살고 있는 은수자 레온티에게로 출발했다. 그들은 그늘진 오솔길을 바쁜 걸음으로 걸어 숲속의 빈터로 나아가고 있었다. 그곳에는 나무 홈통을 따라 흐르는 시내가 여기저기 꽃이 핀 키 큰 풀들 사이로 모습을 숨긴 채 계속 재잘거렸다. 아리나 드미트리예브나는 바냐에게 은수자 레온티에 대해 이야기해 주었다.

"대러시아* 출신이신 그분께서는 오래전, 아마 삼십 년

* 러시아 제국 시절에는 오늘날의 우크라이나 지방을 소러시아로, 오늘날의 러시아 중앙연방관구 지역을 대러시아로 불렀다.

전쯤 정교회에서 우리의 참된 교회*로 옮겨 오셨는데 그때도 이미 젊진 않으셨어요. 나이가 그렇게 드셨어도 강건하신 그분은 믿음이 아주 열정적이어서 네 번이나 재판에 불려가시고 수즈달에서는 두 해 동안 옥살이도 하셨어요. 재계齋戒를 무섭게도 엄격히 지키시는 분이에요. 기도하실 때 보면 꼭 구르는 바퀴처럼 화를 내시는 것 같답니다! 앞일을 훤히 내다보시기도 하고요…… 바네치카, 그분께 다짜고짜 당신이 정교도라고 말씀드리지 마세요, 아마 안 좋아하실 거예요."

"혹시 그분께서 저를 더 나은 방향으로 이끌어주시지 않을까요?"

"아니에요, 말씀 안 드리는 게 나아요……"

"네, 알겠어요, 그렇게 하겠습니다." 바냐는 낮은 오두막과 주변의 분홍색 아욱 꽃들을 신기하게 바라보며 멍하니 대답했다. 오두막 외벽에 덧댄 흙담에는 하얀 루바시카에 아래통이 좁은 푸른색 바지를 입고 머리에는 작은 스쿠피야**를 쓴 백발노인이 기다랗고 좁게 기른 턱수염을 쓰다듬으며 생기발랄한 눈으로 앉아 있었다.

"그래, 그 신부 놈이 내가 있는 위쪽까지 왔지, 그러더니 책상으로 가서 복음서를 막 들춰보는 거야.*** 그놈이 이렇게 말하더라고. '인가받은 복음서로군. 빠져나갈 구멍이 있어 다행인 줄 알아라. 안 그랬다면 내가 다 압수했을 거다. 내 아무튼 그림하고 옛날 책들은 압수해가겠다.' 내 집 벽에는 세묜 데니소프****며 표트르 필리포프*****며 초상화들이랑 그림들이 많이 걸려 있었거든. 아직 늙지도 않고 건강했던 때라 내가 이렇게 말했어. '아이고 신부님, 어디 내가 다 가져가게 놔둘 줄 아쇼.' 부제 놈은 고주망태가 돼서 계속 앓는 소릴하며 그러는 거야. '신부님, 이제 그만 합시다.' 그랬더니 신부 놈이 나를 침대에 쓰러뜨리고는 잔 받침에 담긴 차를 부으려고 하더군. 차로 나한테 세례를 주려고 말이야. 나는 필사적으로 저항했고 그놈도 결국 기어나갔지. '잘 있어라, 기필코 다시 담판 지으러 오겠다.' 뒤따라 나가니까 그놈이 나를 움켜쥐고 언덕 아래로 내동댕이치더군."

* 대주교 니콘이 주도한 교회 개혁에 반대해 개혁 이전의 믿음과 예식을 고수한 정교회 일파, 즉 구교를 가리킨다.

** 정교회의 성직자들이 일상에서 쓰는 모자. 검은색에 둥글며 십자 형태로 살짝 주름이 잡혀 있다.

*** 구교도들은 니콘의 교회 개혁 이전에 출판된 성경을 사용했다.

**** 세묜 데니소프(Семен Денисов, 1682-1740). 구교의 일파인 무사제파의 대표자이다.

***** 이반 필리포비치 필리포프(И.Ф. Филиппов, 1655-1744)를 가리키는 것으로 보인다. 그는 데니소프 형제의 비고레츠카야 수도원에 들어간 후 얼마간 중요한 지위를 차지했고 세묜 데니소프가 죽고 난 후에는 수도원장이 되었다.

노인은 얼마나 여러 차례 반복했던지 거의 외운 듯한 투로 터키의 네크라소프파 카자크*들 사이에서 겪은 일, 사람들이 자기를 죽이려 했던 일, 또 재판을 받아 수즈달에서 옥살이했던 일, 위기가 닥칠 때면 성인들의 유골이 담긴 십자가가 항상 자기를 지켜주었던 일들을 이야기했다. 그러고 나서 몸을 낮게 숙인 채 오두막에서 속이 텅 빈 십자가를 들고 나왔는데, 그 십자가의 구리 테두리에는 이렇게 각인되어 있었다. '기적을 일으키시는 모스크바의 대주교 성 표트르, 신심 깊은 무롬의 공작부인 성 페브로니야, 선지자 성 이오나, 신심 깊은 황태자 성 드미트리, 우리의 공경을 받으시는 어머니 이집트의 마리아의 유골.'**

창문으로 얼핏 집안을 들여다보니 선반마다 놓인 이콘들, 붉게 타오르는 현수등과 촛대, 창가와 탁자에 쌓인 책, 목침으로 쓰는 장작개비 하나만 놓여 있는 등받이 없는 긴 의자가 보였다. 갑자기 은수자 레온티가 즐거운 눈으로 바냐를 바라보더니 말끝을 길게 늘이며 노래하는 듯한 목소리로 말했다.

"아들아, 바른 믿음 속에 굳건히 서거라. 바른 믿음보다 높은 것이 무엇 있겠느냐? 바른 믿음은 모든 죄를 면하게 해주고 영원한 빛의 집에 거한다. 세상 무엇보다 우리 주 예수의 영원한 빛을 사랑해야 하느니라. 영혼의 구원 말고, 밝게 빛나는 천국 말고 무엇이 영원하고 무엇이 썩지 않겠느냐? 꽃이 너를 사로잡는다 해도 내일이면 시들고, 네가 사람을 사랑한다 해도 그는 내일이면 죽느니. 밝게 빛나던 눈동자도 움푹 들어가 빛을 잃을 것이고, 붉은 뺨도 누레질 것이고, 머리칼도 이도 잃어 오로지 구더기들의 먹잇감이 될 뿐이니. 걸어다니는 송장, 이게 바로 이 세상에 사는 인간이니라."

"그래도 예배당을 세우고 공개적으로 예배를 연다면 사는 것이 한결 쉬워지지 않겠습니까?" 바냐가 노인의 관심

* 이그나트 표도로비치 네크라소프(И.Ф. Некрасов, 1660-1737)의 이름을 딴 구교 무사제파. 1707-8년에 일어난 돈 강 카자크들의 반란이 실패한 이후, 네크라소프와 그의 추종자들은 터키로 피신하였는데 이후 그들의 후손들은 터키에서 계속 자신들의 신앙을 지키며 살았고 러시아 제국을 증오했다.

** 성 표트르는 모스크바 대주교였으며 크렘린에 위치한 우스펜스키 사원의 기틀을 닦았다. 무롬의 페브로니야는 무롬의 공작 다비드의 부인으로 남편과 같은 날 죽었다. 작곡가 림스키코르사코프는 오페라 〈보이지 않는 도시 키테시와 처녀 페브로니야 이야기〉에서 페브로니야와 남편의 이야기를 구교도들 사이에 퍼져 있던 키테시에 대한 전설과 혼합했다. 선지자 성 이오나는 구약의 선지자 요나가 아니라 모스크바의 대주교 성 이오나를 가리키는 것으로 보인다. 그는 수도사의 규율과 의례를 엄격히 지킨 것으로 유명했다. 황태자 드미트리는 우글리치에서 죽은 이반 뇌제의 막내아들로 1606년에 시성되었다. 이집트의 마리아는 4세기경 활동했던 인물로 젊어서 탕녀로 살다가 순례단을 따라 예루살렘으로 갔다가 그곳에서 신비로운 체험을 한 후 신앙을 얻어 회개했고, 47년간 황야에서 살았다.

을 끌려고 말했다.

"쉽고 가벼운 것을 좇지 말고 힘들고 어려운 것을 열망하여라! 사람들은 쉽고 가벼운 삶, 자유롭고 부유한 삶을 살다가 멸망하고, 견디기 힘든 수난 속에서 비로소 믿음을 구해낸다. 인간의 적은 영악하고 그 올가미는 은밀하니, 무릇 모든 호의는 그것이 어디서 비롯되는지 따져보아야 한다."

"적들의 원한은 어디서 비롯되는 걸까요?" 양봉장을 떠나며 바냐가 말했다.

"저도 한 가지 여쭐게요. 사람들은 그들 자신의 죄 때문에 죽는 건가요?" 마리야 드미트리예브나가 의견을 같이하며 물었다. "저는 내일 당장 파멸할 운명을 지닌 것도 기꺼이 사랑할 거예요."

"모든 것을 사랑할 수는 있겠지만 마음을 어느 하나에만 내주지 말아야 하지요. 안 그러면 그것에 마음을 잡아먹힐 겁니다." 내내 말이 없던 사샤가 한마디했다.

"철학자 나셨구나." 그의 친척 아주머니가 핀잔을 주었다.

"저도 머리라는 게 있는 걸요!"

"은수자께서 당신이 교회 사람이라는 걸 모르실 리 없겠어요. 우리 귀여운 도련님, 과연 그분께서 당신이 참된 믿음의 길로 들어서리라는 걸 내다보셨을까요?" 잠시 생각에 잠겨 있던 아리나 드미트리예브나가 감동에 젖은 눈길로 바냐를 바라보며 말했다.

작은 현수등 하나만 밝힌 방 안은 무척 어두웠다. 창문으로는 위로 갈수록 노랗게 변해가는 진홍색 노을과 풀밭 너머 하늘에 떠 있는 듯한 검은 침엽수림이 보였고, 사샤 소로킨은 저녁이 되어 붉어지는 창가에서 점점 어두워지는 모습으로 이야기를 계속했다.

"이 모든 것이 양립하기란 참 어려운 일이야! 우리 구교도 중 한 사람도 이렇게 말한 적이 있거든. '극장에 다니고도 어떻게 예수 그리스도를 향해 카논*을 부를 수 있단 말인가? 차라리 사람을 죽이고 그러는 것이 쉽겠네.' 맞는 말이야. 신앙을 가지고서도 살인하고 도둑질하고 간음할 수는 있어. 하지만 《파우스트》를 이해하면서 다른 한편으로는 레스톱카를 손에 쥐고 열성을 다해 기도를 올리는 것은 생각할 수도 없는 일이야. 신만 아실 일이지만 아마 이건 악마를 자극하는 일일지도 몰라. 죄도 짓지 않고 규율도 철저히 지키면서 다른 한편으로는 그 규율들이 반드

* 정교회 예배에서 부르는 성가 장르 중 하나로 성경에 나온 노래들을 독송하는 사람과 성가대가 서로 번갈아가며 노래한다.

시 필요하고 또 구원을 가져온다고 믿지 않는다면, 그것은 규율을 믿으면서도 지키지 않는 것보다 훨씬 나빠. 하지만, 믿음이 생기지 않는데 어떻게 믿을 수 있을까? 어떻게 알고 있는 것을 알지 못하고, 기억하는 것을 기억하지 못할 수 있겠어? 그리고, 이건 현명한 일이니까 실행하겠다고, 저건 하찮으니 꼭 하지 않아도 되는 일이라고 판단하는 것은 불가능해. 누가 그렇게 판단하라고 명령한 거지? 교회가 폐지하기 전까지는 모든 규율을 지키는 수밖에 없어. 우리는 모든 세속적인 기예들을 멀리하고, 신앙이 다른 의사에게 치료받지 말아야 하고, 모든 재계를 잘 지켜야 해. 숲에 사는 노인들이나 이런 구닥다리 정교 믿음을 떠받들 수 있지, 왜 내가 나를 이루고 있지도 않고 나를 이루는 데 필요하지도 않은 것들에 불려다녀야 하는 걸까? 도대체 어떻게 오직 우리 한 줌의 사람들만 구원받을 것이고 나머지 온 세계는 죄에 빠져 있다고 생각할 수 있지? 이런 것들을 받아들이지 않는 나를 구교도라고 할 수 있을까? 모든 낯선 것을 낮잡아보는 믿음이나 삶을 받아들이라는 건 가혹해. 모든 낯선 것을 이해하면서 진정한 신앙인이 될 수도 없는 일이고."

사샤의 목소리는 잦아들었다가 바냐가 침대에 누워 어둠 속에서 아무 대답도 하지 않자 다시 울리기 시작했다.

"아마 너는 한쪽으로 비껴서 있는 입장이니 우리가 스스로를 보는 것보다 우리 삶이나 믿음, 의례들이 더 분명히 이해되고 보일 거야. 하지만 너는 우리를 이해할 수 있을지 몰라도 우리는 결코 너를 이해 못해. 아니면 너의 아주 작은 부분, 가장 중요하지 않은 부분이 우리 아버지나 노인들에게 이해받을지도 모르겠다. 그렇다 하더라도 너는 어디까지나 이방인이고 바깥 세계 사람이야. 어쩔 수가 없어. 바네치카, 내가 아무리 너를 사랑하고 존중한다 해도 네게선 나를 짓누르고 당황케 하는 무언가가 느껴져. 우리 아버지들과 할아버지들은 다르게 살았고, 다르게 생각했고 다르게 알았지. 우리는 도대체 우리와 너의 차이가 어디에 있는지 알아보려 해도 우리 자신과 너를 비교할 방법이 없어. 그저 알고 싶다는 마음만으로는 아무것도 할 수 없으니까."

다시 사샤의 목소리가 멎었고 꽤 먼 곳에 있는 예배당의 활짝 열린 문을 통해 울려오는 노랫소리가 오랫동안 들렸다.

"마리야 드미트리예브나는?"

"마리야 드미트리예브나가 뭐?"

"그녀는 무슨 생각을 하고 어떻게 살아가고 있어?"

"무슨 수로 알겠어! 그저 신실하게 살면서 남편을 그리워하겠지."

"그녀의 남편은 죽은 지 오래됐어?"

"꽤 오래됐어. 팔 년 전 쯤, 내가 아주 어린 아이였을 때."

"그녀는 정말 좋은 분이야."

"별로, 그녀도 중요한 것들은 그다지 잘 알지 못해." 사샤가 창문을 닫으며 말했다.

손님들을 태운 또다른 짐마차 한 대가 대문 앞에 멈춰섰다. 아리나 드미트리예브나는 탁자에 앉으려다 말고 곧장 손님을 맞으러 뛰어나갔고, 현관 계단에서 환영하는 말들과 입 맞추는 소리가 들렸다. 열 명 남짓의 남자들이 식사하는 홀은 시끄럽고 더웠다. 말라니야의 보조로 데려온 맨발의 프로시카는 일 분이 멀다 하고 커다란 유리 항아리를 든 채 정신없이 지하창고로 달려가 거품이 이는 차가운 크바스를 한가득 받아왔다. 안주인은 이 탁자 저 탁자 다니며 음식을 권하기도 하고 계속 들이닥치는 손님들을 맞이하기 위해 부엌을 왔다 갔다 했다. 여자들이 식사하는 방에서는 안주인을 대신하여 자리를 지키는 마리야 드미트리예브나, 안나 니콜라예브나와 나타, 그리고 다른 손님 다섯 명이 흠뻑 젖은 손수건으로 얼굴에서 땀을 훔쳐내고 있었다. 그렇게 음식을 끊임없이 내오고 마데이라 포도주와 과실주를 부어라 마셔라 하는 사이 파리들은 더러운 유리잔 안에 빠져 있거나 하얗게 회칠한 벽이나 식탁보에 떨어진 빵부스러기 주변에 흩어져 있었다. 술에 취해 얼굴이 벌게진 남자들은 재킷을 벗고 색색의 루바시카 위에 조끼만 걸친 채 알딸딸한 기분을 즐기며 큰 소리로 웃고 딸꾹질하며 이야기했다. 활짝 열린 문으로 들어온 햇볕이 유리 식기장을 관통해 밝게 타오르는 현수등에 부딪혀 반짝였고 옆방에 당도해 시끌벅적한 소리에 놀라 목청껏 노래하는 카나리아들이 있는 페인트 칠한 새장을 비췄다. 개들은 마당에서 연신 기어들어왔지만 매번 내쫓겼고, 프로시카가 맨발로 잠깐 받치며 열어두는 도르래 문이 끼익 소리를 내며 쾅 닫혔다. 산딸기, 피로크, 포도주 그리고 땀 냄새가 가득했다.

"직접 보고 판단하시죠, 제가 그 사람한테 시켜서 사마라에 전보로 답장을 보내라고 하면, 그 사람은 한마디 토도 안 달고 실행한다니까요!"

"먼저 알코올을 끼얹어서 지하창고에 넣어뒀다가 다음 날에 참나무 껍질이랑 끓이면 정말 맛있어져요."

"예수승천대축일*에 그로모보의 바실리 신부님이 아주 훌륭한 강론을 하셨죠. '평화를 위하여 일하는 사람은 행복하다!'** 그러니 여러분도 추비킨스카야 구빈원의 일과

* 교회의 열두 축일 중 하나로 부활절 이후 40일째 되는 날에 맞는다.

관련하여 서로 화해하시지요. 원장의 빚을 면제해주시고 보고서를 따로 요구하지 마십시오!' 정말 웃기는 소리라니까요!……"

"제가 35루블 말했는데, 그 사람이 15루블만 주더군요……"

"하늘색, 그것도 그런 하늘색에 분홍색 당초무늬라뇨."

여자들 방에서는 이런 말들이 들려왔다.

"당신의 건강을 위하여! 아리나 드미트리예브나, 당신의 건강을 위하여!" 부엌으로 서둘러 달려가는 안주인을 향해 남자들이 소리쳤다.

갑자기 의자들이 일제히 삐걱거리더니 모두 일어나 구석에 놓인 이콘들을 향해 말없이 성호를 그었다. 프로시카는 벌써 사모바르를 내오고 있었고, 아리나 드미트리예브나는 손님들에게 차 마시기 전까지는 어디 멀리 가지 말라고 신신당부를 했다.

"넌 이런 삶이 마음에 드니?" 소로킨네 개들이 달려들지 않도록 손님들을 마당으로 안내하기 위해 자리에서 일어나는 바냐에게 나타가 물었다.

"아뇨, 하지만 이것보다 더 안 좋은 삶도 많죠."

"그래도 드물어." 문틈에 낀 회색 실크 드레스의 치맛단을 빼내려고 쪽문을 다시 살짝 열며 안나 니콜라예브나가

쏘아붙였다.

"잠깐 앉아요, 나타 누나, 같이 얘기할 게 있어요."

"그래, 앉자. 무슨 얘기인데?" 커다란 자작나무 그늘 아래 놓인 벤치에 바냐와 나타는 나란히 앉았다. 한쪽에 서 있는 예배당은 수리 중이었고 그곳의 열린 문으로 칠장이들이 부르는 성가가 들렸는데, 신부가 예배당 안에서는 세속적인 노래를 금했기 때문이었다. 빽빽한 조팝나무 덤불 때문에 예배당 현관은 보이지 않았지만 노랫말 한 마디 한 마디가 저녁 공기를 타고 분명하게 들렸다. 꽤 먼 곳에서 집으로 가는 소떼의 울음소리가 들려왔다.

"나랑 무슨 얘기를 하고 싶은 건데?"

"나도 모르겠어요. 아마 누나한테는 이 일을 떠올리는 것 자체가 힘겹고 불쾌할지도 모르겠어요."

"그 불행한 사건에 대해서 얘기하고 싶은 거구나?" 잠시 말이 없다가 나타가 말했다.

"네, 혹시 나한테 그 일에 대해 설명해줄 게 있다면 해줘요."

"내가 다른 사람들보다 그 일에 대해 더 알고 있을 거라고 생각한다면 오산이야. 나는 이다 골베르크가 스스로를

** 마태오 복음 5장 9절.

쏘았다는 것만 알고 있어. 심지어 그녀가 왜 그런 행동을 했는지도 난 몰라."

"하지만 그 시간에 바로 거기에 있었잖아요?"

"있었지, 그 일이 일어나기 삼십 분, 아니 십 분 전에. 그 십 분 중에 칠 분 정도는 아무도 없는 현관에 잠깐 서 있었고."

"그녀가 누나 있는 데서 총을 쐈어요?"

"아니. 총 쏘는 소리가 들려서 서재에 들어가본 거야……"

"그럼 그녀는 이미 죽은 상태였겠네요?"

나타는 맞다는 의미로 말없이 고개를 끄덕였다.

예배당 안의 칠장이들이 가락을 길게 끌며 노래하기 시작했다. "저의—기—도 분향—으로 받—아주시고."*

"놔줘, 이 악마야! 어딜 파고드는 거야? 꺼져!"

"아악!" 교회 현관 쪽에서 꾸며낸 듯한 여인의 비명소리가 울렸고, 눈에 보이지 않는 그녀의 짝은 말없이 계속 농탕질을 하려 들었다.

"아아악!" 물에 빠진 사람이 지르는 듯 비명소리가 한층 더 높아졌고 바람이 없는데도 조팝나무 덤불 한 곳이 강하게 떨렸다.

"저—녁의 제—물—로!" 안에서 노래를 부르던 사람

들은 평화롭게 성가를 마치고 있었다.

"탁자에는 목이 긴 유리병이었는지 아니면 사이펀이었는지 유리로 된 무언가가 있었어. 코냑도 한 병. 빨간색 루바시카를 입은 남자 하나가 가죽 소파에 앉아 탁자 근처에서 무언가를 하고 있었고, 시트루프는 오른쪽에 서 있었어. 이다는 고개가 안락의자 등받이에 젖혀진 채 책상 옆에 앉아 있었고……"

"그녀는 이미 살아 있지 않았죠?"

"응, 이미 죽은 것 같았어. 내가 들어가자마자 그가 내게 말하더라고. '당신이 왜 여기 계시는 겁니까? 행복한 삶을 살려면, 평안하게 살고자 한다면 어서 나가십시오! 지금 당장 나가주십시오. 부탁입니다!' 소파에 앉아 있던 사람이 일어났는데 허리띠도 안 맸고 정말 잘생겼더라고. 얼굴은 불타오르는 것처럼 벌겠고 머리카락은 곱슬거렸어. 그리고 시트루프가 말했어. '표도르, 이 숙녀 분을 밖으로 모셔요.'"

"주님—의 뜻이 이루—어지게 하—소서." 예배당 안에서는 어느덧 다른 노래를 부르고 있었다. 화해를 했는지 교회 현관 근처의 목소리들은 잠잠해졌고 비명이 아닌, 물이 졸졸 흐르는 듯한 목소리가 들렸다. 여인이 조용히 울

* 시편 141장 2절(정교회 성경으로는 140장 2절)에 곡을 붙인 성가.

고 있는 듯했다.

"어쨌든 정말 무서운 일이에요!" 바냐가 말했다.

"무서운 일이지." 나타가 메아리처럼 되풀이했다. "나한테는 더욱더 그래. 그 사람을 그렇게 사랑했는데," 그녀는 울음을 터뜨렸다.

바냐는 퉁퉁 부은 입, 한데 뭉쳐 갈색 얼룩들로 보이는 주근깨, 아무렇게나 헝클어진 붉은 머리칼 탓인지 갑자기 늙고 무기력해 보이는 나타를 냉랭하게 바라보다 물었다.

"정말 라리온 드미트리예비치를 사랑했어요?"

그녀는 말없이 고개를 끄덕였고 다시 잠시 말이 없더니 이상할 정도로 상냥하게 말했다.

"얘, 바냐, 요즘에도 그분과 편지를 주고받니?"

"아뇨, 나는 이제 그 사람 주소도 몰라요. 그는 페테르부르크의 아파트에서 아주 떠났거든요."

"그래도 언제든 찾을 수 있을 거야."

"그런데, 내가 계속 편지를 주고받는다면요?"

"아니야, 아무것도."

꽃나무 덤불에서 재킷을 걸치고 챙 없는 모자를 쓴 젊은이가 어슬렁어슬렁 나왔고 바냐 근처에 이르러 인사를 건네왔다. 바냐는 그가 세르게이라는 것을 알아보았다.

"누구야?" 나타가 물었다.

"소로킨네 가게 점원이에요."

"방금 있었던 사건의 주인공 같네." 어딘지 모르게 천박한 미소를 지으며 나타가 덧붙였다.

"무슨 사건이요?"

"저기 교회 현관에서 말이야. 너 아무 소리도 못 들었니?"

"들었어요, 여자들이 소리를 질렀던 것 같은데, 그게 나하고 무슨 상관이겠어요."

바냐는 새하얀 신사복을 입고 그늘진 비탈에 누워 머리를 두 손으로 괸 채 자고 있는 한 남자에 걸려 넘어질 뻔했다. 볕으로부터 얼굴을 가려줬을 챙 달린 여름 모자는 흘러내려와 있었다. 바냐는 벗어진 머리, 약간 위로 들린 코, 불그레한 성긴 턱수염 그리고 아담한 몸집으로 그가 그리스어 선생님이라는 것을 알아채고 깜짝 놀랐다.

"다니일 이바노비치, 어떻게 여기에 계세요?" 바냐는 너무 놀라서 인사하는 것도 깜박한 채 말했다.

"보시다시피! 페테르부르크에 사는 자네도 여기에 있으면서 내가 여기에 있다는 것이 뭐 그리 놀라운가?"

"그런데 왜 선생님을 뵙지 못했을까요?"

"당연하지, 난 어제 막 도착했으니까. 자네는 여기에 가족들과 함께 있나?" 그리스어 선생이 일어나 앉으면서 붉은색 테두리로 장식한 손수건으로 대머리를 닦으며 물었다. "여기 앉으시게, 그늘도 있고 바람도 선선하고 좋아."

"네, 숙모와 사촌누나도 여기 와 있어요, 전 따로 소로킨 씨 댁에서 지내고 있지만요. 혹시 들어보신 적 있으세요?"

"안타깝게도 못 들었네. 이 고장은 아주 괜찮군, 나쁘지 않아. 볼가 강도 있고 정원도 많고. 있을 건 다 있어."

"선생님, 새끼고양이랑 티티새는 어떻게 하셨어요?"

"안 데려왔지. 아주 오랫동안 여행할 참이라서……"

그는 예기치 못하게 약간의 유산을 상속받게 되어 휴가를 신청하고 오랫동안 꿈꿔온 소망을 이루려 한다고 신나게 이야기했다. 아테네, 알렉산드리아, 로마를 다녀오려고 하는데 남쪽 나라들이 덜 더워지는 가을이 되면 떠나려고 우선은 작은 여행가방과 서너 권의 애독서만 챙긴 채 볼가 강을 따라가다가 마음에 드는 곳을 찾으면 잠시 머문다는 것이었다.

"요즘 로마, 폼페이, 아시아에서 아주 흥미로운 발굴이 진행되어 고대의 새로운 문학작품들이 발견되었다네." 흥분한 그리스어 선생은 눈을 반짝이며 챙 달린 모자를 내던지고는 자신의 꿈, 환희, 계획들에 대해 한참을 이야기했다. 바냐는 몸집이 작은 대머리 그리스어 선생의 생기 넘치고 빛나는, 그러나 여전히 못생긴 얼굴을 슬프게 바라보았다.

"정말 흥미롭네요." 상대가 이야기를 마치고 궐련에 불을 붙이자 바냐가 몽상에 빠진 목소리로 말했다.

"자네도 이곳에 가을까지 있을 건가?" 다니일 이바노비치가 갑자기 생각난 듯 물었다.

"네, 아마도요. 니즈니에서 열리는 장*에 가보고 거기서 바로 집으로 갈 겁니다." 바냐는 자신의 보잘것없는 계획이 부끄럽다는 듯 털어놨다.

"그래, 자네는 만족스러운가? 그 소로킨네 사람들은 재미있는 분들이고?"

"소박하지만 선량하고 친절한 분들이세요." 바냐는 갑자기 낯설게 느껴지는 그들에게 반감을 느끼며 대답했다. "전 정말 지루해요, 정말로요! 제게 열정을 불러일으키기는커녕 제 작은 열망도 이해하고 함께해줄 사람이 아무도 없어요, 아무도." 그는 갑자기 울컥했다. "이곳에도, 페테르부르크에도요."

그리스어 선생은 꿰뚫듯 그를 바라보았다.

"스무로프," 그가 사뭇 엄숙하게 말했다. "자네에게는 정

* 니즈니 노브고로드에서는 러시아 제국에서 가장 큰 정기시(定期市)가 열렸는데, 1880년대 말에 장이 열리는 건물을 17세기 고대 러시아 건축양식으로 화려하게 다시 지었다.

신의 가장 높은 도약을 알아봐줄 수 있는 친구가 있다네. 자네는 그에게서 언제든 공감과 사랑을 얻을 수 있어."

"감사합니다, 다니일 이바노비치." 자신의 선생에게 손을 뻗으며 바냐가 말했다.

"별말씀을." 그가 대답했다. "그런데 그건 나 자신을 가리켜 한 말이 아니라네."

"그럼 누구를 말씀하시는 건가요?"

"라리온 드미트리예비치."

"시트루프 씨요?"

"그렇네…… 잠깐, 내 말을 끊지 말고 들어보게. 나는 라리온 드미트리예비치를 아주 잘 알고 있어. 그 불행한 사건이 일어나고 난 뒤 그를 만난 적이 있는데, 나는 그가 이 사건에 자네만큼이나 아무 잘못이 없다는 걸 증언할 수 있네. 이건 마치 내가 자네의 물결치는 금발 때문에 물에 빠져 죽었다고 말하는 것과 같지. 물론 라리온 드미트리예비치는 사람들이 뭐라 말하든 전혀 신경쓰지 않아. 그래도 한번은 소중한 사람들이 자신에 대한 태도를 바꿀 수도 있겠다며 슬퍼한 적이 있는데, 자네 얘기도 하더군. 일단 알아두게, 그는 지금 뮌헨에 있는 호텔 '사계절'에 머무르고 있어."

"전 그분을 나쁘게 생각하지 않아요. 하지만 그 주소는 필요 없습니다. 혹시 그걸 알려주시려고 오신 거라면 헛걸음하신 겁니다."

"친구여, 자만을 경계하게. 이 늙은 내가 페테르부르크에서 로마로 가는 길에 시트루프의 주소 따위를 바냐 스무로프에게 알려주겠다고 바실수르스크에 들렀겠는가? 나는 자네가 여기 있다는 것조차 전혀 몰랐네. 자네는 쉽게 흥분하는군, 건강하지 못해. 그러니 나, 바로 선량한 의사이자 스승인 내가 자네에게 무엇이 부족한지 알려주겠네. 바로 삶이야. 시트루프는 자네를 위한 바로 그 삶을 구현하고 있네. 이게 전부일세."

"우아! 바네치카, 몸이 정말 예쁜데!" 바싹 마른 모래밭에 서서 물에 들어가기 전에 정수리와 겨드랑이를 물에 적시려고 몸을 구부린 바냐의 벗은 몸을 보고 사샤도 옷을 벗으며 말했다. 바냐는 수면을 따라 퍼져가는 동심원들에 비쳐 흔들리는 자신의 훤칠하고 탄력 있는 몸을 바라보았다. 가느다란 허벅지, 길게 쭉 뻗은 다리, 태양 아래서 수영을 즐기다보니 어느새 보기 좋게 그을린 몸통, 가녀린 뒷목을 덮을 정도로 길게 자란 곱슬머리, 동그랗지만 살이 쪽 빠진 얼굴에 있는 커다란 두 눈. 바냐는 말없이 미소 짓고는 차가운 물속으로 들어갔다. 키는 크지만 다리가 짧은, 하얗고 통통한 사샤는 물보라를 일으키며 깊은 곳으로 풍덩 뛰어들었다.

강가에는 소떼가 노니는 곳까지 멱을 감는 아이들로 가득했는데, 아이들은 소리를 지르며 강둑과 물가를 뛰어다녔고 빨간 루바시카며 속옷들이 여기저기 뭉쳐져 있었다. 저 멀리 조금 높은 곳에 늘어선 버드나무들 아래로 짧게 베어 밝은 녹색으로 빛나는 풀밭 위에 드러누운 어린아이들과 조금 더 큰 아이들이 부드러운 분홍빛 몸을 드러낸 채 반짝이고 있는 모습이 한스 토마 풍으로 그린 천국의 풍경을 떠올리게 했다. 마음이 달뜰 정도로 즐거워진 바냐는 어떻게 자신의 몸이 차갑고 깊은 물을 가르며 나아가는지, 어떻게 물고기처럼 재빠른 턴으로 따스한 수면에 거품을 일으키는지 느껴보았다. 힘이 빠지자 그는 배영을 하며 햇살이 반짝이는 하늘만 바라보았고 팔을 움직이지 않은 채 아무 방향으로나 떠갔다. 그러다 강변에서 점점 더 크게 들려오는 비명에 정신이 들었다. 외침 소리는 소떼와 준설선이 있는 쪽으로 점점 멀어져갔다. 소년들이 루바시카를 걸치며 달려왔고 그들을 맞는 다른 아이들이 소리쳤다. “찾았대, 드디어 찾았대, 방금 건져올렸대!”

“뭘 말이야?”

“물에 빠져 죽은 사람 말이야, 봄에 물에 빠져서 못 찾았었거든. 통나무에 걸려서 멀리 떠가지 못한 걸 이제 찾았대." 달려가는 아이들과 그들을 앞질러 달려가는 아이들이 말했다.

빨간 옷에 흰 두건을 두른 여인이 큰 소리로 울며 언덕에서 강가로 달려내려왔다. 죽은 이의 몸을 거적에 누인 곳에 이르자 그녀는 쓰러져 모래에 얼굴을 파묻었고 더욱 크게 통곡했다.

"아리나……그 애 어머니야!……" 주변에서 속삭이며 웅성댔다.

"기억하세요? 내가 예전에 저 애가 어떻게 살았는지 이야기한 적 있죠." 때마침 어디선가 나타난 세르게이가 겁에 질려 시신을 바라보던 바냐에게 상기시켜주었다. 얼굴은 형체를 알아볼 수 없었고, 장화만 신은 채 벌거벗은 몸뚱이는 부풀어오른 데다 점액질로 뒤덮여 있었다. 미처 잠그지 못한 루바시카 사이로 부드러운 장밋빛 몸뚱이가 비치는 아이들이 왁자지껄 호기심을 내비치며 시신을 에워쌌고, 죽은 소년의 몸은 밝은 햇살 아래 혐오스럽고 무섭게 보였다. "외동아들인데 수도사가 되고 싶어해서 세 번이나 집을 나갔대요. 매번 집에 다시 데려다놓았죠. 두들겨패기라도 해서 마음을 돌려놓으려고 했지만 아무리 해도 안 되었대요. 돈이 생기면 다른 애들은 프랴니키*나 사러 다니는데 저 아이는 맨날 촛불 사는 데만 돈을 썼대요. 어떤 더러운 여편네 하나가 이 아이를 덮쳤는데 어린애가 뭘 알았겠어요. 그런데 갑자기 뭘 깨달은 듯 다른 애들이랑 멱감으러 가서는 물에 빠져 죽었대요. 그때 나이가 열여섯이었다지요……" 세르게이의 이야기는 마치 흐르는 물결을 뚫고 전해지는 듯했다.

"바냐! 바냐!" 여인은 일어났다가도 부풀어오르고 점액질로 뒤덮인 시신을 보고는 연신 모래밭에 쓰러지며 가슴을 에는 목소리로 소리를 질렀다.

공포에 휩싸인 바냐는 덤불에 걸려 넘어지고 쐐기풀에 긁히면서도 누가 발치까지 쫓아오기라도 하듯 언덕으로 내달렸고 소로킨 집 마당에 이르러서야 멈추었다. 심장이 요동쳤고 관자놀이에는 핏줄이 펄떡이는 소리가 들렸다. 듬성듬성 심긴 사과나무들에는 사과가 붉게 익어갔고 고요한 볼가 강 너머로는 숲들이 검었다. 여치 떼가 울어대는 풀밭에는 꿀과 쑥국화 냄새가 진동했다.

"전율 없이는 바라볼 수 없는, 인간 몸의 근육과 관절들." 바냐는 공포에 휩싸여 바라보며 시트루프의 말을 떠올렸다. 그는 촛불 아래 비친 무섭도록 창백해진 자신의 가녀린 얼굴, 가느다란 눈썹과 회색의 두 눈, 새빨간 입술,

그리고 선이 여린 목 위로 구불거리는 머리칼을 보았다. 심지어 이토록 늦은 시간에 마리야 드미트리예브나가 살며시 방에 들어와 조용히 등뒤로 문을 닫는 것에도 놀라지 않았다.

"어떻게 될까요? 앞으로 우리는 어떻게 될까요?" 그는 그녀에게 몸을 던졌다. "두 뺨은 꺼져 창백해지고 몸은 부풀어올라 끈적끈적해질 거예요. 벌레들이 눈을 파먹을 거고 모든 관절은 사랑스러운 몸에서 떨어져나가겠죠! 전율 없이는 바라볼 수 없는, 인간 몸의 근육과 관절들! 모든 것은 사라지고 죽을 거예요! 정말 아무것도 모르겠어요, 아무것도 보이지 않아요. 그래도 나는 정말 원해요…… 나도 감정을 가지고 있다고요, 돌이 아니라고요. 아, 이제야 나는 내 아름다움을 알겠어요! 무서워요! 무서워 죽겠어요! 누가 날 구해줄까요?"

마리야 드미트리예브나는 놀라지 않고 기쁘게 바냐를 바라보았다.

"바네치카, 나의 비둘기, 당신이 너무 가엾고 안쓰러워요! 나는 이 순간을 그토록 두려워했지만 주님의 뜻이 이루어질 때가 온 것이 분명해요!" 그녀는 서두르지 않고 촛불을 불어 끈 다음 바냐를 꼭 껴안았다. 그를 자신의 가

* 생강, 꿀, 향신료 등을 넣어 만드는 러시아식 과자.

습팍으로 더욱 세차게 끌어안으면서 그의 입, 눈, 뺨에 입을 맞추기 시작했다. 갑자기 정신이 번쩍 든 바냐는 덥고 거북하고 숨이 막혔다. 그녀의 포옹에서 벗어나려 애쓰며 사뭇 달라진 목소리로 그가 조용히 되풀이해 말했다. "마리야 드미트리예브나, 마리야 드미트리예브나, 왜 이러세요? 놓아주세요, 이러지 마세요!" 그러나 그녀는 그를 더욱 세게 끌어안았고, 빠르게 그러나 소리 없이 그의 뺨, 입, 눈에 입 맞추며 속삭였다. "바네치카, 나의 비둘기, 나의 기쁨!"

"놓아달라고, 이 역겨운 여자!" 마침내 바냐는 소리를 지르고 온 힘을 다해 그를 껴안고 있던 여자를 내친 다음 문을 쾅 닫고 뒤도 돌아보지 않고 달려갔다.

"이제 전 어떡해야 할까요?" 바냐는 간밤에 집에서 도망나와 곧장 찾아간 다니일 이바노비치에게 물었다.

"내 생각에 자네는 떠나야 할 것 같네." 속옷 위에 가운을 걸치고 침실용 슬리퍼를 신은 집주인이 말했다.

"제가 어디로 갈 수 있겠어요? 페테르부르크밖에 더 있을까요? 사람들이 왜 돌아왔냐고 물어볼 테고 다시 지루한 삶을 살게 되겠죠."

"그래, 불편한 일이지. 하지만 여기 남아 있을 수도 없네.

자넨 굉장히 아파."

"도대체 전 뭘 해야 할까요?" 바냐는 손가락으로 책상을 두드리고 있는 그리스어 선생을 무력하게 바라보며 되풀이했다.

"사실 나는 자네가 어떤 상황에 처해 있는지, 재산은 얼마나 되는지, 얼마나 멀리 떠날 수 있는지 모르네. 자네 혼자서는 떠날 수 없을 것 같기도 하고."

"정말 어떡해야 할까요?"

"자네가 내 호의를 믿고 앞으로 일어날지 모를 하찮은 일들 따위에 개의치 않는다면, 스무로프 군, 자네에게 함께 떠나자고 제안하겠네."

"어디로요?"

"외국으로."

"전 돈이 없는 걸요."

"우선은 내가 가진 돈이면 충분할 거야. 비용은 나중에 정산하면 될 것이고. 일단 로마까지 가보면 자네는 누구와 돌아올지, 그리고 나는 어디로 더 갈지 분명해질 걸세. 그것이 가장 좋은 방법인 듯하네."

"정말 진지하게 말씀하시는 건가요, 다니일 이바노비치?"

"이보다 더 진지할 순 없겠지."

"정말 가능한 일인가요! 제가…… 로마에 간다고요?"

"당연한 말씀!" 그리스어 선생이 미소 지었다.

"정말 믿기지 않아요!……" 바냐는 흥분했다.

그리스어 선생은 조용히 궐련을 피우면서 미소 띤 얼굴로 바냐를 바라보았다.

"선생님은 정말 멋진 분이세요, 정말 좋은 분이세요!" 바냐의 마음속에 기쁨이 넘쳐흘렀다.

"나도 홀로 길을 떠나지 않게 되어 기쁘군. 물론 우리는 여비를 아껴야겠지, 근사한 호텔이 아니라 동네 여관에서 지내야 할 거야."

"아, 그게 더 즐거울 것 같아요!" 바냐는 반겼다.

"그럼 내일 아침 내가 자네 숙모에게 말하지."

그들은 아침이 밝을 때까지 여행에 대해 이야기했다. 앞으로 거쳐갈 정류장들, 도시들, 마을들을 지도에 표시하고 나들이 계획도 세웠다. 밝은 햇살을 받으며 풀이 무성히 자란 한길로 나오자 바냐는 아직도 바실에 남아 있는 자기 자신에, 볼가 강과 그 너머로 보이는 검은 숲에 깜짝 놀랐다.

3부

〈탄호이저〉 공연이 끝나자 코르소Corso*의 카페에 앉아 있는 세 사람은 반쯤은 알아듣지 못하는 이탈리아어 대화, 접시와 아이스크림 컵이 달가닥거리는 소리, 그리고 담배 연기 사이로 멀리서 실려오는 현악 오케스트라 소리가 들리는 가운데, 내밀하다시피 한 분위기 속에서 특별히 우정 어린 기분으로 다가오는 이별을 맞이하고 있음을 느꼈다. 옆 테이블에는 모자에 기다란 수탉 날개 깃털을 꽂은 장교와 검은색이지만 요란한 드레스를 입은 부인 둘이 앉아 있었는데 그들에게는 별 관심을 보이지 않았다. 활짝 열린 창문에 걸린 망사 커튼 사이로 거리의 가로등, 오가는 마차들, 포장도로와 보도를 걸어다니는 사람들이 보였고, 가까운 곳에 있는 광장의 분수대 소리가 들렸다.

* 로마 구시가지의 주요 도로 중 하나인 코르소 거리.

바냐는 아주 평범하지만 어딘지 모르게 세련되어 보이는 평복을 갖춰입은 매우 창백하고 가녀린 키 큰 소년의 모습을 하고 있었다. 다니일 이바노비치는 스스로 우스갯소리로 말하듯 '여행 중인 왕자의 스승' 자격으로 어딜 가든 친구를 수행했고, 지금은 호의가 담긴 보호자의 태도로 바냐, 그리고 우고 오르시니와 대화를 나누고 있었다.

"두 번째 판, 그러니까 〈트리스탄〉의 두 번째 판 1막을 들을 때면 저는 지금껏 맛보지 못한 환희, 마치 클링거의 그림을 보거나 단눈치오의 시를 읽을 때 느끼는 예언적 전율을 느낍니다. 목신들과 님프들의 춤, 갑자기 활짝 열리며 환희와 광휘를 내뿜는 미증유의, 그러나 한편으로는 가슴이 아릴 정도로 친근한 고대의 풍경 가운데 나타나는 레다와 에우로파, 보티첼리의 〈봄〉에서처럼 나무 뒤에 숨어 있다가 춤추는 목신들에게 화살을 쏘고는 그 화살에 맞아 고통스러운 몸짓으로 죽어가는 그들을 바라보는 큐피드들, 이 모든 것이 천상의 사랑과 온정으로 곤히 잠든 탄호이저를 지켜주는 베누스 앞에 펼쳐지죠. 이 모든 것은 마치 어둡고 깊은 곳에서 삶과 태양을 향해 새로이 끓어오르는 정열, 그야말로 새봄의 미풍과도 같고요!" 오르시니는 광택 없는 검은 눈과 활처럼 굽은 얇은 입술이 자리잡은, 말끔하게 면도한, 살이 두둑해지기 시작한 창백한 얼굴을 손수건으로 닦았다.

"사실 이건 바그너가 고대를 다루는 유일한 경우랍니다." 다니일 이바노비치가 지적했다. "저는 이 오페라를 여러 차례 들어본 바 있죠. 베누스가 등장하는 장면이 없는 판이었지만요. 그리고 언제나 이렇게 생각했습니다, 이 오페라와 〈파르치팔〉은 사상적 측면에서 하나이며 바그너의 가장 위대한 구상을 품고 있다고요. 하지만 바그너가 왜 그런 식으로 결말을 내는지 이해하지도, 그 방식을 좋아하지도 못하겠습니다. 어째서 그런 단념이 필요했을까요? 왜 결론이 금욕주의여야 했을까요? 바그너의 천재성에도 불구하고 그런 결말은 결코 매력적이지 않습니다!"

"음악적으로 보자면 이 막은 바그너가 그전에 쓴 것과 그다지 어울리지 않지요. 베누스는 특히 이졸데를 약간 흉내낼 뿐입니다."

"음악가인 당신께서는 그런 측면들을 훨씬 잘 알겠지만, 의미와 사상의 측면에서 보자면 이건 그야말로 시인과 철학자의 작품이라고 할 수 있습니다."

"사실 금욕주의는 가장 자연에 거스르는 현상이고, 몇몇 동물들을 순결하다고 여기는 것은 순전히 허구죠."

하드아이스크림과 목이 긴 잔에 든 물이 나왔다. 카페는 조금 한산해졌고 악사들은 레퍼토리를 반복하고 있었다.

"내일 떠나십니까?" 우고가 단춧구멍에 끼운 붉은 카네이션을 바로잡으며 물었다.

"아니요, 로마와는 작별하고 싶지만 다니일 이바노비치와는 함께 더 있고 싶네요." 바냐가 대답했다.

"그럼 나폴리와 시칠리아에 가십니까? 그리고, 다니일 이바노비치께서는요?"

"신부님*과 피렌체에 가려고 합니다."

"모리 씨 말입니까?"

"네, 맞습니다."

"그분을 어떻게 아시지요?"

"가에타노 보시 씨 댁에서 알게 되었습니다. 아시죠, 그 고고학자?"

"나초날레 거리에 사는 분 말입니까?"

"네. 정말 좋은 분이죠, 신부님 말입니다."

"그럼 이렇게 말씀드릴 수 있게 됐군요. 이제야 평화로이 떠나게 해주시는군요.** 제가 몸소 당신을 몬시뇰께 넘겨드리겠습니다."

바냐가 상냥하게 미소 지었다.

"제게 그렇게 질리셨나요?"

"끔찍이도!" 다니일 이바노비치가 농담했다.

"아마 우린 피렌체에서 만날 수 있을 것 같은데요, 나는 일주일 뒤에 그곳에 있을 테니. 그곳에서 내가 쓴 사중주를 연주하기로 했거든요."

"정말 기쁘군요. 아시겠지만, 언제든 교회에서 몬시뇰을 찾으실 수 있을 거예요. 그분께서는 내 주소를 알고 계실 거고요."

"나는 보르고 산티 아포스톨리 거리에 있는 모라티 후작부인 댁에 머물 겁니다. 언제든 격의 없이 들러주세요. 후작부인께서는 혼자 사셔서 누구든 반기십니다. 그분은 제 친척 아주머니이고 저는 그분의 상속자랍니다."

하얗고 통통한 얼굴에 그린 듯한 얇은 입술과 광택 없는 검은 눈을 한 오르시니가 달콤하게 미소 지었다. 악기를 연주해서 손톱을 짧게 깎은, 잘 발달된 손가락 마디에 낀 반지들이 반짝였다.

"그 우고라는 분은 어딘가 독살자처럼 보이지 않나요?" 코르소 거리를 따라 올라가며 숙소로 가는 길에 바냐가 동행자에게 물었다.

* 원어로는 каноник, 라틴어로는 canonicus로 가톨릭교회에서 의전 사제단 소속 사제를 가리킨다. 의전 사제단은 주교좌성당에서 더욱 장엄한 전례행사를 의무적으로 수행한다. 본 번역에서는 자연스럽게 읽히기 위해서 '의전 사제'가 아니라 '신부님' 정도로 옮긴다.

** 다니일 이바노비치는 루카복음 2장 29절 "주님, 이제야 말씀하신 대로 당신 종을 평화로이 떠나게 해주셨습니다"를 인용하여 말한 것이다.

"무슨 헛소리를 하는가? 그는 매우 사랑스러운 사람이야, 그 이상도 이하도 아니지."

언덕의 경사진 보도를 따라 보슬비가 시냇물처럼 흐르고 있었지만 박물관 안의 서늘한 기운은 쾌적하고 반가웠다. 콜로세움, 포룸, 팔라티노 언덕을 함께 둘러보고 바야흐로 작별을 앞둔 두 사람은 거의 아무도 없는 작은 홀에서 〈달리는 청년〉 앞에 섰다.

"이 젊은 육체의 생명력과 아름다움에 견줄 수 있는 작품은 '일리오네우스'*라고 불리는 토르소뿐이지. 잘 보면 하얀 살갗 아래로 진홍색 피가 흐르고 근육 하나하나가 보는 사람을 취하게 만들 정도로 사로잡는 것이 머리와 두 팔이 없어도 우리 현대인들이 감상하는 데 방해가 되지 않아. 육체 자체, 그 질료는 죽고 사라진다네. 이를테면 온갖 예술 작품들, 페이디아스**, 모차르트, 셰익스피어도 죽고 사라지지. 하지만 작품에 담긴 이상理想, 아름다움의 전형은 사멸하지 않는다네. 아마 이것이야말로 변화무쌍하게 흘러가는 다채로운 삶에서 유일하게 가치 있는 것이겠지. 그 이상들은 아무리 거친 형상을 입고 있더라도 신적이고 순수하다네. 종교 예식에서 금욕주의의 고상한 이상들은 거칠고 광신적인 상징적 의례의 옷을 입고 있지 않은가? 그럼에도 그 안에 숨겨진 상징을 통해 환히 빛나고 신적인 것이 되지 않는가?"

헤어지기 전 마지막 가르침을 전하면서 다니일 이바노비치가 말했다.

"스무로프 군, 내 말을 잘 듣게. 정신적 위안이 필요하고 싼 값에 묵을 곳이 필요하다면 몬시놀을 찾아가게. 그러나 돈이 완전히 떨어지거나 지적이고 값진 조언이 필요하다면, 라리온 드미트리예비치를 찾아가도록 하게. 내가 군에게 그의 주소를 알려주겠네. 어떤가? 약속할 수 있겠나?"

"정말 다른 사람은 없는 건가요? 말씀하신 대로는 하고 싶지 않아요."

"내게는 더 이상 믿을 만한 사람이 없어. 아니면 직접 찾아보시던가."

"우고 씨는요? 그분이라면 도움을 주시지 않을까요?"

"아마도 도움이 안 될 거야, 그 자신이 항상 돈이 없거

* 니오베의 아들인 '일리오네우스'로 알려진 대리석 조각상. 기원전 4세기경에 제작된 것으로 추정되고 1402년 피렌체에서 발견되었다. 지금은 바이에른 왕국의 왕 루드비히 1세가 자신의 그리스로마 조각품들을 보관하기 위해 세운 박물관인 글립토테크에 소장되어 있다. 젊은 남성이 무릎 꿇고 있는 형상으로 머리와 두 팔이 훼손되어 없다.

** 기원전 5세기의 고대 아테네의 조각가. 고전 전기의 숭고양식을 대표하는 거장으로, 아크로폴리스 언덕에 17미터 높이의 아테나 프로마코스 동상을 만든 것으로 유명하다.

든. 자네가 라리온 드미트리예비치에게 편지도 보내지 않을 정도로 그를 나쁘게 여긴다는 건 미처 몰랐어. 태도가 이토록 변할 정도로 뭔가 큰일이 있었나보군."

바냐는 젊은 시절의 마르쿠스 아우렐리우스를 조각한 흉상을 오랫동안 말없이 바라보다가 마침내 단조로운 목소리로 천천히 말했다.

"전 그분을 조금도 비난하지 않고, 그분께 화를 낼 최소한의 권리도 없는 걸요. 하지만 몇 가지를 알아버린 이상 제 의지와 다르게 시트루프 씨를 예전처럼 대할 수 없다는 게 참을 수 없이 안타깝습니다. 그 일 때문에 제가 그분에게서 그토록 원하던 조언자이자 친구의 모습을 기대할 수가 없어요."

"틀에 박힌 말만 아니라면 정말 대단한 낭만주의로군! 자네는 마치 그 옛날 '천상에 사는' 귀족 아가씨들 같아. 그들은 신사들이 무릇 처녀라면 먹지도 마시지도, 잠을 자지도, 코를 골지도, 코를 풀지도 않는다고 생각하리라 상상했지. 모든 인간은 생리적 욕구가 있지만 이 사실이 누구의 품격도 깎아내리지는 않네, 다른 사람이 보기엔 불쾌한 것일지라도. 표도르를 질투한다는 건, 그러니까 스스로 그와 같다고, 똑같은 의도와 목적을 지니고 있다고 인정하는 셈이지. 그리고 질투라는 것이 아무리 세련되지 못하다 하더라도 낭만주의자의 까다로움보다는 훨씬 낫다네."

"이쯤에서 그만하죠. 다른 방법이 없다면 시트루프 씨에게 편지를 쓰겠습니다."

"그래, 임무를 훌륭히 완수하게나, 나의 작은 카토*여."

"바로 선생님께서 카토를 경멸하라고 가르치셨잖아요."

"보아하니 나의 교육이 그다지 신통치 않은 모양이야."

그들은 여명 속에 꽃들이 흐릿하게 보이는 화단과 풀밭을 지나 곧게 난 작은 길을 따라 테라스 쪽으로 갔다. 희끄무레하게 깔린 부드러운 안개는 마치 그들을 뒤쫓고 있는 듯했고 어디선가 새끼 부엉이들이 울고 있었다. 동쪽으로 막 장밋빛을 띠기 시작한 안개에 휩싸인 별 하나가 제멋대로 양털처럼 빛났다. 그들 바로 맞은편에 있는 오래된 저택은 창살 많은 창문들마다 불이 밝혀져 있었고, 벌써 아침 하늘이 비치는 유리 너머에서는 비범하고 이상한 빛이 뿜어져나왔다. 우고는 자신이 작곡한 사중주를 휘파람으로 다 불고는 말없이 궐련을 태웠다. 그들이 테라스를 지날 때, 가깝지 않았는데도 격자무늬 창살 아래로 또렷이 들리는 러시아어 대화에 바냐는 걸음을 멈추었다.

* 마르쿠스 포르키우스 카토(기원전 234-149년). 로마의 군인이자 원로원 의원으로 보수주의 정치가로 유명하다.

“그럼 이탈리아에 더 오래 머무르시는 건가요?”

“저도 모르겠어요, 아시다시피 어머니께서 편찮으셔서. 나폴리에 있다가 루가노에 머무르겠지만, 얼마나 오래 머무를지는 나도 모르겠어요.”

“그럼 오랫동안 당신을 볼 수도, 당신 목소리를 들을 수도 없겠군요……” 남자 목소리가 들렸다. “아마 넉 달 정도.” 여자 목소리가 다급하게 그의 말을 끊었다. “넉 달 정도!” 첫 번째 목소리가 메아리처럼 되풀이했다. “당신은 그동안 지루하게 지내실 것 같지는 않은데요……”

바냐와 오르시니가 계단 오르는 소리에 그들은 대화를 멈추었고, 아침 여명 가운데 앉아 있는 여자와 그 옆에 서 있는, 키가 그다지 크지 않은 신사의 실루엣만 흐릿하게 보였다.

홀에 들어가자 사람이 많아 살짝 갑갑한 열기가 느껴졌다. 바냐가 우고에게 물었다.

“저 러시아인들은 누구죠?”

“안나 블론스카야와 당신네 화가입니다. 그의 성은 기억이 안 나는군요.”

“그는 그녀와 사랑에 빠진 것처럼 보이는군요?”

“오, 그건 그의 방탕한 생활만큼이나 널리 알려져 있답니다.”

"그녀는 미인인가요?" 바냐가 다소 순진하게 물었다.

"자, 보시지요."

바냐가 몸을 돌리자 어두운 색 머리칼을 귓가로 낮게 빗어내리고 얼굴의 가녀린 윤곽들 사이로 약간 커 보이는 입과 푸른 두 눈을 한 가녀리고 창백한 숙녀가 들어오고 있었다. 그녀가 들어오고 오 분 정도 지나자 스물여섯쯤 된 구부정한 남자가 급한 걸음으로 들어왔는데 금발의 수염을 뾰족하게 길렀고 곱슬머리였다. 오래된 황금 색깔에 가까운 숱 많은 눈썹 아래로 밝은 색 두 눈이 앞으로 툭 튀어나와 있었고 두 귀는 목신의 귀처럼 뾰족했다.

"그녀를 사랑하면서도 방탕한 삶을 즐긴다고요? 게다가 그 사실이 널리 알려져 있다고요?"

"그렇습니다, 그는 그녀를 너무 사랑하는 나머지 여자로 대하지 못합니다. 러시아인의 환상이란!" 이탈리아인이 덧붙였다.

사람들이 흩어졌고 뚱뚱한 성직자가 눈알을 굴리며 되풀이해 말했다.

"성하聖下께서는 너무도 피곤하시고 피곤하시어……"

창문에 햇살이 날카롭게 반짝였고, 그 너머로 마차 채비하는 소리가 소리 죽여 들렸다.

"그럼 피렌체에서 다시 만납시다." 바냐와 악수하며 오르시니가 말했다.

"네, 내일 가겠습니다."

모두들 알록달록하게 누빈 짚방석을 늘어놓은 창턱에 기대어 비스듬히 누워 있었다. 몬시뇰이 바냐를 데리고 좁고 어둡고 서늘한 길을 따라 걸어와 대문에 초인종 대신 철제 고리가 달린 오래된 저택에 도착했을 때, 시뇨라 폴디나와 시뇨라 필루메나는 한쪽 창가에서, 시뇨라 스콜라스티카와 식모 산티나는 다른 쪽 창가에서 그들을 발견하고는 한바탕 왁자지껄 떠들며 비명을 지르고 감탄사를 내뱉었다. 다들 잠잠해지자 시뇨라 폴디나가 혼자서 낭송을 계속했다.

"울리세*가 말한다. '러시아인 시뇨르를 데려가겠노라. 그는 우리와 살 것이다.' '울리세여, 농담도 잘하시는군. 아무도 우리 집에서 손님으로 지낸 적이 없어. 그분은 왕자님이나 러시아 귀족 나리일 텐데 어떻게 우리가 감히 그런 분을 모실 수 있겠어?' 하지만 오빠는 머릿속에 떠오른 건 무엇이든 그대로 하고 마는 사람이잖아? 러시아인 시뇨르라고 해서 몸집도 크고 뚱뚱하고 큰 키에, 그 있잖아, 우리가 본 부투를린 씨 같은 사람일 줄 알았는데, 뭐야, 삐쩍 마른 어린애잖아. 봐봐, 새끼 비둘기, 아기 천사야."

시뇨라 폴디나의 늙은 목소리가 감미로운 카덴차처럼 부드럽게 울렸다.

몬시뇰은 바냐에게 서가를 둘러보라 하고 자매들은 부엌으로, 각자 방으로 사라졌다. 몬시뇰이 수단을 치켜들고 계단을 오르자 집에서 직접 짠 검은 긴 양말이 착 감싼 통통한 종아리와 그보다 더 통통한 구두가 엿보였다. 그는 바냐의 흥미를 끌 수 있으리라 여겨지는 책들의 제목을 성직자다운 억양으로 크게 소리 내어 읽었고 나머지 책들은 조용히 내려놓았다. 그는 65세라는 나이가 무색하게 다부지고 혈색이 좋았다. 유쾌하고 강직한 성격이었지만 고리타분하게 가르치는 태도도 없지 않았다. 책장에는 이탈리아어, 라틴어, 프랑스어, 스페인어, 영어, 그리스어로 쓰인 책들이 꽂혀 있거나 누워 있었다. 돈키호테 옆에는 토마스 아퀴나스가, 이러저러한 성자전들 옆에는 셰익스피어가, 아나크레온 옆에는 세네카가 서가를 장식했다.

"압수한 책이지요." 바냐의 놀란 시선을 알아챈 신부는 삽화가 그려진 아나크레온의 작은 책을 한쪽으로 치우며 해명했다. "영적 자녀들에게서 압수한 책들을 많이 가져다 놓았습니다. 내게는 이 책들이 해악을 끼치지 못하거든요."

"여기가 묵을 방입니다!" 신부가 휘장을 친 침대가 한가

* 오디세우스의 이탈리아식 이름.

운데 놓인, 흰 커튼이 드리워진 커다란 정방형의 하늘색 방으로 바냐를 안내하며 말했다. 성인들과 '착한 의견의 성모'*를 그린 판화들이 걸려 있는 다소 휑한 벽, 소박한 책상, 교훈적인 내용의 책들이 꽂힌 책장, 서랍장 위 종 모양의 유리 뚜껑 안에 든, '앙팡 드 쾨르enfant de chœur'** 의 예복 옷감으로 만든 옷을 입힌 성 루이지 곤자가*** 밀랍 채색 인형, 문가에 놓인 성수반. 이 모든 것들은 수도사의 거처 같은 느낌을 주었으며, 오직 발코니 문 옆에 놓인 피아노와 창가의 화장대만이 전체적인 조화를 방해했다.

"야옹아, 저리가, 훠이!" 폴디나가 방으로 위풍당당하게 들어서는 살찐 흰 고양이를 쫓았다.

"왜 고양이를 내보내세요? 전 고양이를 무척 좋아해요." 바냐가 말했다.

"시뇨르가 고양이를 좋아한대! 우리 귀여운 꼬맹이! 우리 새끼 비둘기! 필루메나, 새끼 고양이들이랑 미시나를 데려와서 시뇨르에게 보여줘…… 우리 새끼 비둘기!"

그들은 아침부터 피렌체 이곳저곳을 돌아다녔고, 몬시뇰은 큰 목소리로 노래하듯 14세기부터 20세기를 넘나드는 이런저런 지식, 사건, 일화들을 이야기해주었다. 바사리****가 쓴 동시대인들과 역사적 인물들의 스캔들을 담은 연대기도 한결같은 열정으로 이야기했다. 그는 주로 무언가를 폭로하는, 연설문 같은 이야기를 풀어내느라 사람들로 붐비는 골목 한가운데 멈춰 서는가 하면, 갑자기 행인, 말, 개들과 대화를 나누었고, 큰 소리로 웃기도 하고 노래를 흥얼거리기도 했다. 그의 몸가짐에는 약간은 서민적인 예의 바름과 약간은 거칠기도 한 세련됨이 조화를 이루었고, 말투는 유쾌하면서도 교훈적인 것이 매우 담백하여 어딘가 사케티*****의 노벨라가 주는 분위기를 자아냈다. 가끔 이야기 창고가 바닥나는 바람에 어조나 손짓을 사용해 형상을 그리며 이야기하거나 대화를 곧바로 원초적인 예술작품으로 만들고 싶어하는 그의 욕구가 채워지

* Mater boni consilii. 로마에서 남동쪽으로 48킬로미터 떨어진 제나차노라의 아우구스티노 수도회의 성당에 있는 성모 성화.

** 프랑스어로 성가대 소년을 가리키는 말.

*** 성 루이지 곤자가(St. Luigi Gonzaga, 1568-1591). 육체적 순결에 대한 강렬한 열망으로 유명해 젊은이들의 수호성인이 되었다.

**** 조르조 바사리(Giorgio Vasari, 1511-1574). 이탈리아 르네상스 시대의 화가, 건축가, 예술사가. 《가장 유명한 화가, 조각가, 건축가들의 생애》의 저자로 이 대작은 이탈리아 인문주의 산문의 모범이 되었다.

***** 프랑코 사케티(Franco Sacchetti, 1335-1400). 보카치오의 제자로서 당대에 인기 있었던 이탈리아의 작가. 그의 노벨라들은 피렌체의 공적, 사적 생활에서 일어났던 실제 사건들을 바탕으로 하여 당시 풍습들을 흥미롭게 보여준다.

지 않을 때가 있었다. 그럴 때면 그는 노벨라 작가들이 쓴 아주 오래된 이야기들로 돌아가 소박하고 천진한 달변과 자신감을 곁들여 이야기하곤 했다. 그는 모든 사람을, 모든 것을 알고 있었다. 그의 토스카나와 사랑스러운 피렌체에서는 귀퉁이 하나, 돌 하나도 나름의 전설과 역사적 일화를 지니고 있었다. 그는 지나쳐가는 여행객이라는 바냐의 입장을 활용해 그를 온갖 곳으로 데리고 다녔다. 그곳에는 다 쓰러져가는 저택에 살며 하인들과 카드를 치다가 말다툼을 벌이는 영락한 후작들, 백작들이 살았다. 그곳에는 옛날 방식대로, 그러니까 검소하게 자급자족하면서 살아가는 장인, 의사, 상인들이 있었다. 푸치니의 명성을 꿈꾸며 그의 턱수염 없는 살찐 얼굴과 넥타이까지도 모방하는 젊은 음악가들이 있었다. 조카딸 여섯 명과 함께 산미니아토 근교에 사는, 위엄 있고 우아한 살진 페르시아 영사領事가 있었다. 약방 주인들이 있었고, 소포 꾸러미 위에 앉아 있는 젊은이들이 있었고, 가톨릭으로 개종한 영국 여자들이 있었고, 그리고 마지막으로 피렌체와 아르노 계곡이 내다보이는 피에솔레의 빌라, 부드러운 봄의 알레고리들이 벽화로 그려진 빌라에서 한 무리의 식객들과 더불어 영원히 즐겁게 지저귀는, 작은 키에 붉은 머리를 한 못생긴 여자, 탐미주의자인 화가 마담 모니에가 살고 있었다.

그들은 옅은 장밋빛 천을 깐 식탁에 앉아 있었다. 식탁 위의 접시들은 슬며시 덮쳐오는 어스름 속에서 피 웅덩이처럼 검붉었다. 시가, 딸기, 비우지 않은 포도주 잔의 냄새가 정원에서 실려오는 꽃향기와 한데 섞였다. 짧은 침묵이나 대화 아니면 웃음 때문에 이따금씩 끊기는, 옛날 노래를 부르는 여자 목소리가 집 안에서 들려왔다. 실내에 불을 밝히자 반쯤 어두워진 테라스에서 보는 집 안 풍경은 메테를링크의 〈랭테리외르l'Intérieur〉 공연*을 떠올리게 했다. 단춧구멍에 붉은 카네이션을 꽂은 턱수염 없는 창백한 우고 오르시니가 이야기를 계속했다.

"그가 도대체 어떤 여자에게 빠져 자기 자신을 내팽개쳤는지 당신은 상상도 못할 겁니다! 금욕주의자가 아닌 인간에게 순수한 사랑보다 더 큰 범죄는 없지요. 안나 블론스카야에 대한 연정을 품었으면서도 그가 어느 지경으로 타락했는지 보십시오. 베로니카 치보에게 있는 좋은 것이란 오직 창백한 얼굴에 박힌 방탕한 루살카**의 눈밖에 없지요. 그녀의 입, 아, 그녀의 입은 어떻고요! 그녀가 말하는 걸 한번 들어보세요. 그녀가 되풀이하지 못할 조야함

* 메테를링크의 1막짜리 희곡 《실내》를 가리킨다.

** 동슬라브 신화에 나오는, 세이렌에 해당하는 물의 정령.

이란 없고 그녀의 한 마디 한 마디는 저속함 그 자체입니다! 옛날이야기에 나오는 처녀처럼 한 마디 한 마디 할 때마다 그녀의 입에서 쥐나 두꺼비가 나온다고요. 정말입니다!…… 그녀는 그를 놓아주지 않을 겁니다. 그 여자를 위해서라면 그는 블론스카야도, 자신의 재능도, 세상의 모든 것도 내팽개칠 겁니다. 그는 인간으로서, 특히 예술가로서 파멸하고 있습니다."

"그럼 당신은 만약 블론스카야가…… 만약 그가 그녀를 다른 방식으로 사랑했더라면 치보와의 관계를 끝낼 수 있었다고 보시는 건가요?"

"그렇게 생각합니다."

잠시 침묵하다 바냐가 다시 수줍게 질문했다.

"정말로 그가 순수한 사랑에 절대로 이르지 못할 거라고 생각하세요?"

"결과가 어떤지 보이지 않으십니까? 이걸 이해하기 위해서는 그의 얼굴을 바라보기만 하면 됩니다. 저는 아무런 책임도 질 수 없으니 어떤 단언도 내리지 않겠습니다만, 그가 파멸하고 있다는 것은 아주 잘 알고 있습니다. 제가 왜 이 일에 이렇게 열을 올리는지도 잘 알고 있습니다. 왜냐하면 저는 그를 좋아하고 그의 진가를 높이 평가하기 때문이죠. 바로 그래서 저는 치보와 블론스카야를 똑같은 정도로 증오합니다."

오르시니는 궐련을 마저 다 피우고 집 안으로 들어갔고 홀로 남은 바냐는 등이 구부정한 젊은 화가에 대해 계속 생각했다. 그 화가는 밝은 색 곱슬머리에 수염을 뾰족하게 길렀고, 오래된 황금 색에 가까운 무성한 황갈색 눈썹 아래 툭 튀어나온 밝은 회색 눈은 조소하는 것 같기도 하고 슬퍼 보이기도 했다. 갑자기 왠지 모르게 시트루프가 떠올랐다.

홀에서 짐짓 꾸민 듯 새처럼 지저귀는 마담 모니에의 목소리가 들려왔다.

"기억나세요, 세간티니*의 그림 중에 커다란 날개가 있는 정령이 약간 높은 곳에 있는 샘에서 사랑에 빠진 연인들을 내려다보는 그림 있잖아요? 날개가 있어야 할 사람들은 바로 연인들, 용감하고 자유롭게 사랑하는 사람들이죠."

"이반 스트란니크**에게서 받은 편지가 있습니다. 정말

* 조반니 세간티니(Giovanni Segantini, 1858-1899). '이탈리아의 밀레'라고 불린 화가. 민중의 일상을 이상화하지 않고 묘사하는 그림을 많이 그렸다. 말년에는 상징주의적 작품들을 남겼다. 마담 모니에가 언급하는 그림은 1896년 작 〈삶의 분수대에 놓인 사랑(L'amore alla fonte della vita)〉이다.

** '이반 스트란니크(Ivan Strannik)'는 파리에 살았던 러시아 작가 안나 미트로파노브나 아니치코바(A.M. Аничкова, 1868-1935)의 필명이다. 그녀는 당대 유명한 문학 살롱들에 드나들며 러시아와 프랑스의 잡지 등에 기고했다.

사랑스러운 여인이죠! 그녀가 우리에게 아나톨 프랑스의 인사와 축복을 전하는군요. 그대의 이름에 입맞추노라, 위대한 스승이여!"

"당신이 지은 구절인가요? 단눈치오의 시에서 나오는 말인가요? 당연한 말씀이에요, 아니 그런데 왜 아무 말도 안 하셨어요?"

요란하게 의자를 옮기는 소리, 자신만만하고도 우렁차게 울리는 포르테피아노 소리, 그에 맞춰 오르시니가 음폭이 넓은, 다소 진부한 멜로디를 거친 열정으로 부르기 시작하는 소리가 들렸다.

"오, 너무 기뻐요! 그의 아저씨란 말이죠? 정말 멋져요!" 장밋빛 옷을 입은 붉은 머리의 마담 모니에가 테라스로 서둘러 나오면서 지저귀었다. 못생겼어도 매력적이었다.

"여기 계셨군요?" 바냐를 마주친 그녀가 말했다. "새로운 소식이 있어요! 당신의 동포께서 도착했다는군요. 물론 그는 러시아인은 아니지만 어쨌든 페테르부르크에서 온 분이죠. 나의 훌륭한 벗인 그분은 영국인이에요. 네? 뭐라고요?" 대답을 기다리지도 않고 그녀는 이미 달빛이 환히 비치는 정원에 난 널찍한 마찻길을 따라 속속 도착하는 사람들을 맞이하러 사라졌다.

"이런 세상에, 제발 우리 떠나요, 너무 겁나요, 너무 싫어요. 작별 인사 없이 지금 당장 떠나겠어요." 바냐는 신부를 재촉했고, 신부는 탁자에 앉아 아이스크림을 먹으며 그를 뚫어져라 바라보았다.

"아 그래요, 그래. 나의 소년이여, 그런데 이해가 안 됩니다, 왜 이렇게 불안해하는 거죠? 일단 갑시다, 모자부터 챙기고."

"어서요, 어서, 셰르 페르cher pére*!" 원인 모를 공포에 사로잡혀 바냐가 신음했다. "여기로, 여기로 오고 있다고요!" 바냐는 말발굽 소리, 마차 바퀴 소리가 들려오는 큰길로부터 몸을 돌렸다. 예기치 않게, 달빛이 비치는 가운데 그들과 매우 가까운 길모퉁이에 세운 마차에서 사람들이 나왔고, 마담 모니에가 지름길을 따라 손님 몇 명과 함께 올라오고 있었다. 달빛에 훤히 비친 한 사람이 똑똑히 보였다. 시트루프였다.

"우리 그냥 여기에 남아요." 바냐는 신부의 손을 꼭 쥐며 속삭였고, 신부는 미소 지으며 흥분하는 피보호자의 얼굴이 달빛 아래 뚜렷하고 진한 홍조로 덮이는 것을 분명히 보았다.

그들은 13세기에 지어진 저택의 대문에 네 마리의 당나

* 프랑스어로 '친애하는 신부님'.

귀가 끄는 이륜마차를 타고 나타났다. 저택은 2층 식당에 우물이 있었고 포위당할 경우에 대비해 목동이 지내는 낡은 오두막이 들어갈 만큼 큰 아궁이도 갖췄고, 도서관, 초상화들, 작은 예배당도 있었다. 생필품과 함께 미리 보내 놓은 예비용이 있었는데도 하인들은 고지대에 올라가면 기온이 내려갈 것에 대비해 망토와 담요를 추가로 내왔다. 피렌체에서 보르고 산로렌초 역을 거쳐 그다음에는 말을 타고 성城과 철제품으로 유명한 스카르페리아와 산타가타를 지난 손님들은 날이 저물기 전에 산에서 돌아오려고 서둘러 아침식사를 마치느라 대화도 나누지 않았고 오직 포크와 나이프 소리, 그리고 커피잔 젓는 티스푼 소리만 들렸다. 그들은 포도밭을 가로지르고 밤나무들 사이에 있는 농장들을 지나 굽이진 길을 따라 계속 더 높은 곳으로 올라갔고, 그 결과 제일 앞서 달리는 마차가 가장 꽁무니로 오는 마차 바로 위에 위치하는 일도 종종 있게 되었다. 고도가 높아짐에 따라 남쪽 지방의 식생은 자작나무, 소나무, 이끼, 제비꽃으로 바뀌었고, 마침내 구름이 내려다 보이기까지 했다. 아직 지중해와 아드리아해가 동시에 보인다는 조고* 정상에 도착하지는 않았지만 길을 돌자 붉은 기가 도는 잿빛 돌무더기처럼 보이는 피렌추올라, 그곳을 지나 파엔차로 향하는 커다란 굽이진 길, 그리고 그 길을 따라 움직이는 구식 역마차가 눈에 들어왔다. 역마차는 한 여자 승객이 볼일을 볼 수 있도록 잠시 멈춰 서 있었고, 마부는 높다란 마부석에 앉아 언제 다시 길을 떠날지를 기다리며 태평하게 담배를 태웠다.

"정말 골도니**의 작품에 나오는 행복한 장면을 떠올리게 하네요! 이 얼마나 매혹적인 소박함인가요!" 마담 모니에가 빨간 손잡이가 달린 채찍을 휘두르며 환호했다. 강도 소굴을 연상케 하는 그을음 가득한 선술집에서 그들은 오믈렛, 치즈, 살라미와 키안티를 대접받았고, 가무잡잡하게 그을린 애꾸눈 여주인은 나무 의자의 등받이에 볼을 기댄 채, 재킷도 없이 녹색으로 빛바랜 펠트 모자를 쓴 검은 눈썹에 눈이 큰 남자가 손님들에게 그녀에 대해 이야기하는 것을 들었다.

"옛날부터 이곳은 베포가 밤을 보내는 곳으로 유명했습니다…… 헌병들은 그녀에게 이렇게 말하곤 했죠. '파스카 아주머니, 우리가 주는 돈을 거절 말아요. 베포는 반드시 잡힐 겁니다.' 그럼 그녀는 망설이기만 하다가 베포가 여

* 원문에서는 '주오고(Джуоrо)'로 적혀 있지만 아펜니노 산맥에 있는 해발 882미터의 조고 가도(Passo del Giogo)를 가리키는 것으로 보인다.

** 카를로 골도니(Carlo Goldoni, 1707-1793). 18세기 이탈리아 최고의 극작가.

기 온다는 얘기는 끝내 못하죠…… 그녀는 정직한 여인이거든요, 보십시오…… 하지만 운명은 어디까지나 운명이지요. 하루는 그가 고향 사람 결혼식에 다녀와 잔뜩 취해서는 자려고 누웠습죠…… 파스카는 미리 헌병들한테 이 사실을 일러두었고 휘파람을 불었어요. 베포에게서는 미리 칼이나 총기를 다 거둬두었고요. 아무리 그라도 어쩔 수 있었겠습니까? 그도 사람이었습니다요, 시뇨리*……"

"얼마나 욕을 해대던지! 꽁꽁 묶여서는 발로 이 벤치를 들어 내던지더라니까요. 하지만 결국 내동댕이쳐져서 수레를 타게 되었지요!" 파스카가 쉭쉭거리는 목소리로 말했다. 남은 한쪽 눈과 이를 반짝이며 미소 지으면서 말하는 품이 마치 세상에서 제일 유쾌한 이야기를 하고 있는 것 같았다.

"네, 네, 정말 대단한 여자입니다. 파스카가 괜히 애꾸인게 아닙니다! 한 잔 더?"

턱수염이 난 남자가 여주인의 어깨를 토닥이며 권했다.

"스무로프, 오르시니, 어서 산 위로 돌아가줘요, 내가 양산을 깜박했지 뭐예요, 여러분이 탄 마차가 마지막 마차니 우리는 먼저 가서 기다리고 있을게요! 네? 뭐라고요? 양산이요, 양산!" 마담 모니에가 고삐를 죄어 당나귀들을 멈추게 하고는 그 못생긴, 바람에 날리는 붉은 머리 타래에 파묻혀 미소 짓는, 장밋빛으로 불그스레한 얼굴을 뒤로 향한 채 첫 번째 마차에서 외쳤다.

선술집은 비어 있었고, 치우지 않은 탁자, 이리저리 움직여놓은 벤치들과 의자들은 방금까지 있었던 손님들을 떠올리게 했다. 침대가 숨어 있는 커튼 뒤에서 한숨 소리와 불분명한 속삭임이 들렸다.

"누구 없습니까?" 오르시니가 문턱에서 외쳤다. "시뇨라가 양산을 잊고 갔다고 하시는데, 본 사람 없소?"

커튼 뒤에서 다시 속삭이는 소리가 들렸다. 그러고 나서 부스스한 파스카가 머릿수건과 보디스도 없이 나오면서 흐트러진 치마 매무새를 고쳤는데, 젊은 나이에도 불구하고 그을린 피부에 여윈 몸 때문에 엄청나게 늙어 보였다. 그녀는 노르스레한 알 수 없는 그림이 그려져 있고 흰색 손잡이가 달린 하얀색 레이스 양산이 기대어 세워져 있는 구석을 말없이 가리켰다. 커튼 너머로 남자의 목소리가 그녀를 불렀다. "파스카, 파스카? 곧 와? 다들 떠났어?"

"지금 가." 여자가 쉰 목소리로 대답하고는 벽에 걸린 거울 조각 앞으로 다가가 오르시니가 깜박 잊고 두고 간 빨간 카네이션을 헝클어진 머리칼에 꽂았다.

* '시뇨르'의 복수형.

그들은 이졸데와 브랑게네의 열연에 흠뻑 빠져 있는 거의 유일한 무리였는데, 그 바람에 국왕이 왕비들과 함께 무대 정반대편에 있는 특별석으로 들어가는 것도 알아차리지 못했다. 작은 몸집에 머리가 크고 콧수염을 기른 국왕은 그의 등장에 환호하는 관객들에게 거북하다는 듯 고개만 까딱 숙여 보이고는 지루해 죽겠다는 듯 사무적인 모습으로 난간 바로 옆에 있는 좌석으로 내려갔다. 그의 얼굴은 감상적이면서도 잔혹해 보였다. 막이 계속되고 있었지만 객석에는 조명이 완전히 켜져 있었다. 어깨와 목이 깊이 파인 드레스를 입고 목걸이를 한 특별석의 부인들은 저희끼리 미소 짓고 얘기를 나누느라 무대 쪽으로는 등을 돌리다시피 하고 있었다. 저마다 단춧구멍에 꽃을 꽂은 신사들은 지루한 표정이면서도 예의 바른 자세를 잃지 않고 이 특별석 저 특별석 인사하러 다녔다. 아이스크림이 나왔고, 특별석 깊숙한 곳에 앉은 노신사들은 활짝 펼쳐 든 신문을 읽고 있었다.

시트루프와 오르시니 사이에 앉은 바냐는 수풀이 바스락거리는 소리를 사냥 뿔피리 소리로 착각한 이졸데*에 대한 생각에 잠겨 주변의 속삭이는 소리와 소음을 듣지 못했다.

"이것이야말로 사랑의 신격화입니다! 밤과 죽음만 없었

다면 이것은 정열에 대한 가장 위대한 노래가 되었을 겁니다. 멜로디와 무대 전체의 윤곽이 제례적인 것이 찬가와 비슷해요." 우고가 백짓장처럼 창백해진 바냐에게 말했다.

시트루프는 돌아보지 않고 쌍안경으로 맞은편 특별석을 바라보았는데, 그곳에는 금발의 화가와 몸집이 작은 여인이 바짝 붙어앉아 있었다. 금실을 수놓은 샛노란 드레스를 입은 그녀는 물결치는 새카만 머리칼, 연지를 바르지 않은 창백한 얼굴에 박힌 흐리멍덩하고 커다란 두 눈, 커다란 진홍빛 입, 어딘가 상스러우면서도 광기 어려 보일 정도로 단호한 아래턱 때문에 매우 눈에 띄었고, 그래서 더욱 우쭐거리는 것처럼 보였다. 바냐도 이 베로니카 치보의 행각들에 대한 이야기를 별 관심 없이 들은 바 있었는데, 그 이야기에는 그녀를 거쳐 파멸에 이른 숱한 남녀의 이름들이 얽혀 있었다.

"그녀는 말 그대로 파렴치한입니다." 우고의 목소리가 귀에 들렸다. "16세기에나 있었던 그런 사람이죠."

* 사실 바그너의 오페라 〈트리스탄과 이졸데〉 제2막 1장에서 사냥꾼들의 뿔피리 소리를 듣는 것은 이졸데의 하녀인 브랑게네이다. 이졸데는 뿔피리 소리가 들린다는 브랑게네에게 나뭇잎의 소리를 뿔피리 소리로 착각하는 것이라고 말한다. 브랑게네는 이졸데야말로 듣고 싶은 소리만 듣는다고 말하고 이졸데는 우물의 아름다운 물방울 소리만 들린다고 말한다.

"오! 그런 말은 그녀에게 과분합니다! 그저 더러운 여자일 뿐이에요." 노란 드레스와 창백한 얼굴에 박힌 루살카 같은 외설적인 두 눈을 음탕한 마음으로 바라보던 예의 바른 신사들 중 한 사람의 입에서 나온 거칠디거친 말이었다.

바냐는 시트루프에게 간단한 질문을 할 때마다 얼굴이 새빨개지며 미소를 지었는데, 마치 크게 다툰 뒤 막 화해를 했거나 오랜 병을 앓고 회복 중인 사람과 대화를 나누는 것처럼 보였다.

"저는 계속 트리스탄과 이졸데에 대해서 생각하고 있어요." 오르시니와 함께 복도를 따라 걸어가면서 바냐가 말했다. "이것이야말로 사랑의 가장 이상적인 묘사이고 정열의 신격화이겠지요. 하지만 외적인 측면이나 이야기의 마지막을 살펴본다면 사실 이것도 본질상 우리가 조고 산의 선술집에서 본 것과 마찬가지 아닐까요?"

"당신이 무슨 말을 하고 싶어하는지 전혀 모르겠는데요? 혹시 육체적 결합이 존재한다는 것 자체가 당혹스러운가요?"

"그건 아니에요, 하지만 모든 실제 행동에는 우스꽝스럽고 굴욕적인 구석이 있잖아요. 이졸데와 트리스탄도 옷을 풀어헤쳐 벗었더라면, 그 망토와 바지도 우리가 입고 있는 재킷처럼 전혀 시적이지 않은 것이 되지 않을까요?"

"오! 훌륭한 생각이로군요! 정말 재밌어요!" 놀라운 눈으로 바냐를 바라보며 오르시니가 웃음을 크게 터뜨렸다. "언제나 그런 법이지요. 그런데 어떤 말을 하고 싶은지 여전히 모르겠습니다만?"

"날것의 본질이 오직 하나뿐이라면, 위대한 사랑을 키우던 동물적 충동을 발산하던, 둘 다 본질에 다가가는 것 아닐까요?"

"당신에게 무슨 일이 일어난 겁니까? 당신이 모리 신부님의 벗이라는 것을 믿을 수 없군요! 당연히 사실 그 자체와 날것의 본질은 중요하지 않죠. 중요한 것은 그것들에 어떤 태도를 갖느냐죠. 가장 당혹스러운 사실, 가장 있을 법하지 않은 상황도 그것에 어떤 태도를 갖느냐에 따라 정당화되고 순수해질 수 있습니다." 오르시니가 진지하게, 거만하게까지 들리는 투로 말했다.

"아마도 그게 진실이겠죠, 교훈적인 데가 없지 않지만요." 바냐는 미소 지으며 이렇게 말했고, 시트루프 옆에 앉아 곁눈으로 그를 주의 깊게 바라보았다.

그들은 파리에 가기 전 브르타뉴에서 두세 주 정도 지내려고 떠나는 마담 모니에를 배웅하기 위해 조금은 이른

시각에 기차역에 도착했다. 연노란색 하늘을 배경으로 가로등의 전구들이 하얗게 빛났고, "프론티, 파르텐차pronti, partenza"*라고 외치는 소리가 울려퍼졌다. 더 이른 기차를 타야 하는 승객들로 부산스러웠고 간이식당에서는 음식이나 음료를 요구하는 소리, 숟가락 짤랑거리는 소리가 끊이지 않았다. 그들은 기차를 기다리며 커피를 마셨다. '글루아르 드 디종gloire de Dijon'** 꽃다발이 마담 모니에의 장갑 옆에 펼쳐진 〈피가로〉 지 위에 놓여 있었다. 마담 모니에는 연노란색 리본이 여러 개 달린 옥수수색 드레스 차림이었고, 신사들은 금방 읽은 정치 기사를 두고 농담을 주고받았다. 바로 그때 옆 테이블에 녹색 베일을 드리우고 여행용 드레스를 입은 베로니카 치보와 여행가방을 든 화가가 짐꾼을 대동하고 나타나 앉았다.

"저기 보세요, 떠나는 모양입니다. 그는 완전히 파멸하고 말겠군요." 화가와 인사를 나누고 일행들에게 돌아온 우고가 말했다.

"어디로 간답니까? 진짜로 그에겐 아무것도 보이지 않는 걸까요? 천박해, 정말 천박한 여자야!"

치보가 베일을 들어올리자 창백한 얼굴과 도발적인 표정이 드러났고 그녀는 짐꾼에게 짐을 어디다 둘지 말없이 가리켰다. 그녀는 동행자의 소매에 손을 얹었는데 마치 그가 자기 소유물인 듯한 행동이었다.

"저기 블론스카야 좀 봐요! 그녀가 어떻게 알았을까요? 나는 그녀도 치보도 부럽지 않아요." 온통 회색으로 차려입은 여자가 화가와 그의 동행에게 다가가는 것을 보고 마담 모니에가 속삭였다. 화가는 동행 쪽으로 등을 돌리고 앉아 있어 그녀를 보지 못했고 동행인 여자는 루살카 같은 눈으로 다가오는 여자를 뚫어져라 바라보았다. 회색 옷을 입은 여자가 그들에게 다가가 조용히 러시아어로 말했다.

"세료자, 어디로, 무슨 일로 떠나는 거예요? 그리고 왜 나와 우리 모두에게 이걸 비밀로 하는 거죠? 당신은 우리의 친구가 아니던가요? 상관없어요, 이제 당신이 파멸하리라는 걸 아주 잘 알고 있으니까요! 잘못한 사람은 바로 나인 것 같은데, 혹시 내가 무언가 바로잡을 수 있을까요?"

"뭘 바로잡을 수 있겠소?"

치보는 미동도 않고 마치 눈이 멀어 앞이 보이지 않는다는 듯 블론스카야를 뚫어져라 봤다.

"혹시 내가 당신과 결혼한다면 당신을 붙잡을 수 있을까요? 내가 당신을 사랑한다는 거 잘 알잖아요."

* 이탈리아어로 "준비, 출발".

** 프랑스어로 "디종의 영예". 장미의 한 품종으로 크림 빛을 띠는 분홍색이나 노란색의 꽃송이는 그 지름이 9, 10센티미터로 매우 크고 꽃잎이 40여 장에 이를 정도로 풍성하다.

"아니, 아니, 아무것도 원치 않아!" 조금의 양보도 두렵다는 듯 남자가 뚝뚝 끊기는 말투로 거칠게 대답했다.

"이젠 어쩔 수 없는 건가요? 정말 돌이킬 수 없을까요?"

"아마도. 많은 일들이 너무 늦게 일어나고 있소."

"세료자, 정신 차려요! 우리 예전으로 돌아가요. 당신은 정말 파멸할 거예요, 예술가로서뿐 아니라 완전히!"

"무슨 말이 소용 있소? 돌이키기엔 늦었고 게다가 나는 이걸 원해!" 갑자기 화가가 고함을 지르다시피 했다. 치보가 그에게로 눈길을 돌렸다.

"아니, 당신은 그걸 원하지 않아요." 블론스카야가 말했다.

"내가 스스로 뭘 원하는지 모를 것 같소?"

"당신은 몰라요. 당신은 아무것도 모르는 소년이니까, 세료자!"

치보는 여행가방을 옮기는 짐꾼을 따라 자리에서 일어나 다른 사람에게는 들리지 않게 동행에게 뭐라고 말했다. 화가 역시 외투를 걸치며 블론스카야에게는 아무 대답도 하지 않으면서 자리에서 일어났다.

"그래서 세료자, 세료자, 어쨌든 떠나는 건가요?"

마담 모니에는 소란스럽게 지저귀며 친구들과 작별인사를 나눴고, 벌써 객실에 앉아 글루아르 드 디종 꽃다발 뒤에서 붉은 머리를 끄덕이고 있었다. 돌아가는 길에 그들은 회색 옷을 입은 블론스카야가 우산에 의지한 채 빠른 걸음으로 걸어가는 것을 보았다.

"마치 우리가 장례식장에 있었던 것 같아요." 바냐가 말했다.

"매순간 자기 장례식에 있는 것처럼 느끼는 사람들도 있죠." 바냐를 보지 않은 채 시트루프가 대꾸했다.

"예술가가 파멸할 때는 특히 보기가 고통스럽지요."

"삶을 예술가로 사는 사람들도 있죠. 그들이 파멸할 때 느끼는 고통도 덜하지 않지요."

"그리고 하려고 해도 이미 너무 늦은 일들도 종종 있고요." 바냐가 덧붙였다.

"맞습니다, 하려고 해도 너무 늦은 일들이 종종 있습니다." 시트루프가 되풀이했다.

그들은 천장이 낮은 작은 방으로 들어갔는데 그곳은 불을 켜져 있지 않았고 열린 문으로 들어오는 빛이 전부였다. 방에는 도우*의 그림에서처럼 둥근 안경을 쓴 늙은 구두장이가 구두를 붙잡고 허리를 숙인 채 앉아 있었다. 거리에서 해가 사라져 쌀쌀했고 가죽과 재스민 냄새가 풍겼다. 장화들이 늘어서 있는 선반의 제일 윗칸에는 천장에 닿을락 말락 하게 재스민 가지 몇 개가 꽂힌 병이 놓여 있었다. 견습공은 다리를 쩍 벌리고 앉아 붉은 실크 손수건으로 땀을 훔치고 있는 신부를 바라보았고, 늙은 주세페는 사람 좋은 목소리로 노래하듯 이야기를 늘어놓았다.

"제가 뭐냐고요? 가난한 구두장이입죠. 하지만 진짜 예술가 뺨치는 명인들도 있습니다! 오, 예술의 경지로 구두를 꿰맨다는 것은 그렇게 쉬운 일이 아닙니다. 구두를 신을 발의 모양을 잘 살펴봐야 하고, 뼈가 어느 부분이 더 넓고 더 좁은지, 어느 부분에 굳은살이 있는지, 발등의 어디를 더 높게 해야 할지 알아야 합죠. 세상에 남하고 똑같은 발을 가진 사람은 없답니다. 신발에 대해 아무것도 모르는 사람들이나 하나의 구두가 모든 발에 맞을 거라고 생각하지요. 시뇨리, 세상에 얼마나 다양한 발들이 있는지 모릅니다! 그리고 그 발들은 모두 걸어야 하지요. 주님이신 하느님께서 발은 발가락 다섯 개와 뒤꿈치를 가지도록 만드셨지만 그렇지 않은 경우들도 모두 주님의 뜻에 합당하단 말입니다, 아시겠습니까? 네, 누구는 발가락이 네 개고 또 누구는 여섯 개지만, 그것도 주님이신 하느님께서 주신 것이니 어쨌든 다른 사람들처럼 걸어 다닐 수 있어야 하지요. 그래서 구두 만드는 장인은 이런 걸 다 머릿속에 넣어두고 누구든 걸어 다닐 수 있게 만들어야 하는 겁니다."

신부는 큰 유리잔에 든 키안티를 요란하게 들이켜고는

땀방울 맺힌 이마에 끈질기게 달라붙는 파리들을 챙이 넓은 검은 모자로 쫓았다. 견습공은 계속 그를 바라보았고 그러는 동안 주세페의 일장연설은 잠을 쫓는 듯 일정한 리듬으로 노랫소리처럼 계속됐다. 성직자들이 즐겨찾는 조토의 레스토랑에 가려고 성당 광장을 지나치면서 그들은 늙은 백작 기데티를 마주쳤는데, 가발을 쓰고 연지를 바른 백작은 소박하게, 아니 아주 점잖게 차려입은 두 젊은 처녀의 부축으로 겨우 걸어가고 있었다. 바냐는 반쯤 폐인이 된 그 노인에 대한 이야기, 그의 이른바 '조카딸들'에 대한 이야기, 얼굴은 망자처럼 덕지덕지 화장을 했어도 두 눈은 여전히 지혜와 재치로 생기롭게 빛나는 그 늙은 탕자의 무뎌진 오감이 요구하는 자극들에 대한 이야기를 떠올렸다. 또 그와 나눴던 대화와 그의 웅얼거리는 입에서 마구 튀어나오던 온갖 역설逆說, 재담, 그리고 요즘에는 잊

* 네덜란드의 화가 헤릿 도우(Gerrit Dou, 1613-1675)를 가리키는 것으로 보인다. 렘브란트의 첫 제자로 촛불의 명암을 활용해 서민들, 특히 아이들과 노인들의 일상을 그린 작품들로 유명하다. 일러두기에서 밝힌 세 권짜리 쿠즈민 산문집의 주석자와 이를 따른 영역본의 역자는 여기서 '도우'가 1819년부터 페테르부르크에 살며 1812년 조국전쟁의 참가자들의 초상화를 그린 것으로 유명한 영국 화가 조지 도우(George Dawe, 1781-1829)를 가리킨다고 주석을 달았다. 그러나 조지 도우의 모델들은 주로 장교, 장군이 대다수다. 쿠즈민이 묘사하는 "둥근 안경을 쓴 늙은 구두장이"의 모습은 헤릿 도우의 그림 〈펜을 깎는 학자(Geleerde die zijn pen snijdt)〉와 매우 유사하다.

혀져가고 있는 이야기들이 떠올랐다. 그리고 이렇게 말하는 주세페의 목소리가 생각났다. "누구는 발가락이 네 개고 또 누구는 여섯 개지만, 어쨌든 다른 사람들처럼 걸어다닐 수 있어야 하지요."

"백작이 행차하실 때면 돌들과 벽들도 얼굴을 붉힌답니다." 성직자들의 검은 형체와 금요일의 금육재 식사를 하려는 평신도들로 가득한 왼쪽 방으로 들어가며 모리가 말했다. 턱수염이 없는 젊은이와 동행한 나이 지긋한 영국여자가 강한 억양의 프랑스어로 말했다.

"우리는 개종했습니다. 그래서 오히려 가톨릭 예식과 교리, 규율들의 아름다움과 매력을 더욱 의식적으로 이해하고 사랑하지요."

"불쌍한 여자예요." 신부가 옆에 있는 나무 장의자에 모자를 얹으며 말했다. "부유한 데다 훌륭한 가문 출신인데, 여기저기 가정교사로 일하러 다니죠. 궁핍한 모양이에요. 그녀가 진짜 신앙을 갖게 되자 모두 그녀에게 등을 돌렸거든요."

"리소토, 삼 인분이요!"

"우리가 폰타시에베를 떠날 때는 사람 수가 삼백 명이 넘었어요. 안눈차타로 가는 순례자들은 언제나 많지요."
"성 게오르기우스! 그분과 함께, 대천사 미카엘과 함께, 성

모님과 함께, 그 밖의 모든 수호 성인들과 함께라면 두려운 것 없도다!" 영국 억양이 밴 그녀의 목소리가 사람들 떠드는 소리에 묻혔다.

"그는 비티니아 출신이었다. 비티니아는 초목이 푸른 산, 산에 흐르는 작은 강과 목초지 때문에 소아시아의 스위스로 여겨진다. 그는 하드리아누스가 데려가기 전에는 목동이었다. 그는 황제를 따라 여행을 많이 다녔는데 여행지 중 한 곳인 이집트에서 사망했다. 어떤 이들은 그가 보호자의 생명을 위해 스스로 나일 강에 몸을 던져 자신을 신들에게 제물로 바쳤다고도 하고, 또 어떤 이들은 물놀이를 하던 하드리아누스를 구하다가 익사했다고도 하는 등 그의 죽음에 관한 소문은 무성하다. 그가 죽던 시각 점성술사들은 하늘에서 새로운 별을 발견했다고 한다. 신비로운 광휘에 휩싸인 그의 죽음과 범상치 않은 그의 미모는 정체기에 있던 예술에 활기를 불어넣었고, 궁정 너머까지 영향을 미쳤다. 슬픔에서 벗어나지 못한 황제는 자신의 총아를 기리기 위하여 운동경기를 제정하고 그를 기리는 사원, 경기장을 건립해 그를 신들의 반열에 올렸다. 또한 신탁소를 세웠는데, 한동안 이곳에서 나오는 신탁들은 황제가 직접 고풍스러운 율격으로 쓴 것이다. 그러나 이러한 새로운 숭배가 황제의 궁정이라는 작은 무리에서만 강제되어 공식적인 성격을 띠었고 그 숭배의 제정자가 죽으면서 함께 사라졌다고 생각해선 안 된다. 시간이 훨씬 지난 몇 백 년 뒤에도 디아나와 안티누스를 기리는 공동체들이 존재하는데, 이 공동체들의 목적은 공동의 재산으로 구성원들의 장례를 지내고 각자 추렴한 돈으로 함께 식사하고 소박하게나마 예배를 올리는 데 있었다. 초대 그리스도교 공동체의 원형이 되는 이 공동체의 구성원들은 가장 가난한 계급 출신이었고, 그러한 공동체의 규약은 우리에게까지도 온전히 전해진다. 시간이 흐르면서 황제의 총아가 지닌 신성은 내세 그리고 밤의 신의 성격을 띠게 되어 빈자들 사이에서 인기를 끌었는데, 미트라* 숭배만큼 널리 퍼지지는 않았어도 인간을 신격화하는 가장 세력 있는 흐름들 중 하나로 꼽힌다."

신부는 작은 공책을 덮었고 안경 너머로 바냐를 바라본 후 말했다.

"내 어린 친구여, 이교도 황제들의 도덕은 우리와 아무 상관 없긴 하지만 안티누스에 대한 하드리아누스의 사랑은 아들에 대한 아버지의 사랑과는 거리가 멀었다는 것을 숨기지 못하겠군요."

"신부님께서는 왜 안티누스에 대한 글을 써야겠다고 마

음먹으셨나요?" 바냐는 신부를 바라보지 않은 채 다른 일을 생각하면서 무심히 물었다.

"바로 오늘 아침에 쓴 것을 읽어준 것뿐입니다. 나는 사실 로마 황제들에 대해서 쓰고 있어요."

신부가 카프리의 티베리우스**의 삶에 대해 쓴다는 것이 우스워져서 바냐는 참지 못하고 물었다.

"티베리우스에 대해서도 쓰셨겠죠, 셰르 페르?"

"당연하지요."

"그가 카프리에서 어떤 생활을 했는지 수에토니우스가 묘사한 걸 기억하시죠?"

정곡이 찔린 모리가 열을 올리며 말했다.

"끔찍한 일이었죠, 나의 친구, 당신이 옳아요! 정말 끔찍한 일이었습니다. 그 타락의 하수구에서 인류를 구해낼 수 있었던 것은 오로지 그리스도교라는 성스러운 가르침뿐

* 고대 이란에서 주로 군인들이 믿었던 밀교의 신. 미트라 숭배는 로마 제국으로 퍼졌고 네로 황제와 코모두스 황제도 미트라를 숭배했다. 미트라는 힘과 남성성을 상징하는 것으로 여겨졌고, 307년에는 로마에서 공식적으로 '솔 인빅투스(Sol invictus)', 즉 무적의 태양신으로 선포되었다.

** 티베리우스 클라우디우스 네로(기원전 42-기원후 37). 로마의 황제로 그의 재위 기간에 예수가 십자가형을 받았다. 역사가이자 정치가 수에토니우스의 《황제 열전(De vita Caesarum)》에 따르면 말년의 티베리우스는 국무에서 물러나 카프리 섬에 칩거하면서 온갖 변태적인 성행위를 즐겼다고 한다.

이었답니다!"

"신부님께서는 하드리아누스 황제에 대해서는 좀 더 침착한 태도를 보이시는군요?"

"큰 차이가 있습니다, 나의 친구여. 하드리아누스 이야기에는 무언가 고상한 것이 있지요. 물론 그의 사례는 감각들의 무서운 오류이지만요. 심지어 세례를 통해 깨우친 사람들도 이러한 오류와 항상 싸울 수 있는 것은 아니랍니다."

"하지만 본질적으로는 언제나 동일한 것 아닌가요?"

"아들이여, 무서운 오류에 빠져들고 있군요. 모든 행동에서 중요한 것은 그 행동에 대한 태도, 그 행동의 목적, 그리고 그 행동을 낳은 원인입니다. 행동 그 자체는 우리 몸의 기계적 움직임일 뿐이라서 아무도 그것에는 모욕을 느끼지 않습니다. 주님이신 하느님께서는 더욱더 느끼지 않으시겠지요." 그리고 그는 두껍고 커다란 손가락으로 괴어두었던 작은 공책의 페이지를 다시 열었다.

그들은 카시네Cascine*의 가장 오른쪽 길을 따라 걸었다. 나무들 사이로 초원 가운데 자리잡은 농장들이, 그 너머로는 야트막한 언덕들이 보였다. 이 시간에는 비어 있는 레스토랑을 지나 그들은 점점 더 농촌색이 짙어지는 곳을 걸었다. 밝은 색 단추를 단 옷을 입은 경비원들이 드문드

문 벤치에 앉아 있었고, 멀리서는 수도복을 입은 소년들이 뚱뚱한 수도원장의 감시 아래 뛰어놀았다.

"선뜻 오겠다고 해줘서 고맙습니다." 시트루프가 벤치에 앉으며 말했다.

"걸으면서 얘기를 나누는 게 더 좋지 않을까요, 전 걸어야 대화를 더 빨리 이해하거든요……" 바냐가 말했다.

"좋습니다."

그들은 다시 산책길로 나섰고, 나무들 사이에서 걸음을 멈추기도 하고 다시 발걸음을 떼기도 했다.

"어째서 내게서 우정과 호의를 거두었죠? 내가 이다 골베르크의 죽음에 잘못이 있다고 의심한 건가요?"

"그런 건 아니에요."

"그럼 왜죠? 터놓고 말해줘요."

"솔직하게 다 말씀드릴게요. 표도르와 당신 사이의 일 때문이었어요."

"무슨 말이죠?"

"저는 그간 있던 일들을 다 알고 있어요. 거짓말로 빠져나가지 말아주세요."

"물론입니다."

* 카시네 공원(Parco delle Cascine). 피렌체에 아르노 강변에 위치한 이 공원은 길고 좁은 산책로들이 많다.

"아마 지금이라면 아주 다르게 행동했을 거예요. 하지만 그때 전 아는 게 너무 없었고 아무 생각도 없었어요. 너무 힘들었어요. 고백하자면, 당신을 돌이킬 수 없이 잃은 것 같았거든요. 당신과 함께 떠날 수 있는, 삶의 아름다움으로 향하는 모든 길을 다 잃어버린 것 같았어요."

그들은 숲속의 작은 빈터를 한 바퀴 돌고는 왔던 길로 다시 발걸음을 옮겼다. 멀리서 아이들이 왁자지껄 웃고 떠들며 공을 차고 놀고 있었지만 어쨌든 멀찌감치 떨어진 곳이었다.

"나는 내일 떠나야 합니다. 바리*로 가게 되겠지요. 그러나 남을 수도 있습니다. 이제 모든 것은 당신에게 달려 있어요. '아니다'라면 '떠나세요'라고, '맞다'라면 '남아줘요'라고 쪽지에 적어줘요."

"'아니다'는 뭐고 '맞다'는 뭐죠?" 바냐가 물었다.

"직접 말로 설명하길 바랍니까?"

"아니, 아니에요, 안 그러셔도 되어요. 알 것 같아요. 그런데 왜 그래야 하는 거죠?"

"이제는 그렇게 해야 할 때가 된 것 같습니다. 내일 한 시까지 기다리고 있겠습니다."

"무슨 일이 있어도 꼭 대답 드릴게요."

"조금만 더 수고를 들인다면 이제 당신에게도 날개가

자라날 겁니다. 내게는 벌써 그 날개가 보입니다."

"아마도요, 그런데 날개가 자랄 땐 무척 고통스럽겠죠." 바냐가 미소 지으며 말했다.

그들은 늦게까지 발코니에 앉아 있었고, 바냐는 내일 시트루프에게 답을 주어야 한다는 것도 잊은 채 무사태평하게 우고의 말에 귀 기울이고 있는 자신을 발견하고 깜짝 놀랐다. 이처럼 결정되지 않은 상황, 감정, 관계에는 어떤 유쾌함이 있었다. 어떤 가벼움과 대책 없음이 있었다. 우고는 열을 올리며 이야기를 계속했다.

"제목은 아직 없습니다. 제1장은 잿빛 바다, 절벽, 멀리서 우리를 부르는 황금빛 하늘을 배경으로 아르고호 선원들이 황금 양털을 찾으며 항해하는 장면이지요. 모든 것은 그 새로움과 기상천외함으로 위협적으로 느껴지기까지 하는데, 거기서 고대의 사랑과 우리의 고향을 알아보게 되는 겁니다. 제2장은 결박되어 벌을 받는 프로메테우스 이야기입니다. '아무도 자연의 법도를 거스르지 않고서는, 벌을 받지 않고서는 자연의 비밀을 꿰뚫어보지 못하리라. 오직 친부 살해자와 근친상간자만이 스핑크스의 수수께

* 이탈리아 반도 동남부 아드리아 해 연안에 있는 항구도시로 풀리아주의 주도이다.

끼를 알아맞히리라!' 황소를 향한 욕정에 눈이 먼 파시파에*도 등장하는데 그녀는 끔찍하면서도 예언적인 인물입니다. '나는 조화롭지 않은 삶의 다채로움도, 앞일을 알려주는 꿈들의 가지런함도 보지 못한다.' 모든 것이 공포에 휩싸여 있지요. 그때 제3장이 시작됩니다. 《변신》**의 장면들이 나오는데 지복의 초원에서 여러 신들은 사랑의 모든 모습을 취합니다. 또, 여기에서 이카로스가 추락하고 파에톤도 추락하는데 가니메데스만이 이렇게 말합니다. '가여운 형제들이여, 하늘로 날아올랐던 자들 중 오직 나만이 그곳에 남았군요. 왜냐하면 당신들을 태양으로 이끈 것은 자만심과 유치한 장난감이었지만 나를 이끈 것은 죽을 자들은 이해 못할 미칠 듯한 사랑이었기 때문이죠.'*** 예언이라도 하는 듯 불 타오르는 듯한 거대한 꽃들이 피어납니다. 새들과 짐승들이 짝지어 다니고 떨리는 장밋빛 안개 사이로 인도의 〈마뉘엘 에로티크manuels érotiques〉****에 나오는 인간이 취할 수 있는 48가지의 결합 형태들이 보이지요. 그리고 모든 것은 이중 회전을 시작하여 각자 자기 원 안에 있으면서도 전체적으로 하나의 커다란 원을 이룹니다. 사물들의 모든 윤곽이 하나로 어우러질 때까지, 끊임없이 운동하는 거대한 덩어리가 될 때까지, 그리고 이 운동하는 거대한 덩어리가 빛나는 바다 위에 솟은 황량한 절벽 위에, 견딜 수 없이 뜨거운 태양 아래 노랗게 달아오른 절벽 위에 서 있는 어떤 형상 안에서 굳어질 때까지 원의 운동은 계속 빨라집니다. 그 거대하고 빛나는 형상은 바로 하나가 된 제우스-디오니소스-헬리오스*****입니다."

* 크레타의 왕 미노스의 왕비. 미노스가 약속대로 황소를 제물로 바치지 않자 포세이돈은 그 벌로 파시파에가 황소에게 욕정을 품게 만들었다. 파시파에는 명장 다이달로스가 나무로 만든 가짜 암소에 들어가 황소와 사랑을 나누었고, 그 결과 반은 소, 반은 인간인 괴물 미노타우로스가 태어났다.

** 로마의 시인 오비디우스가 쓴 15권짜리 서사시로 '변신'의 모티프를 중심으로 그리스로마의 신화를 망라했다.

*** 이카로스는 다이달로스의 아들로 아버지가 만든 날개를 달고 크레타섬을 탈출하다 떨어져 죽었다. 파에톤은 태양의 신 헬리오스의 아들로 아버지에게 졸라서 태양을 끄는 마차를 몰다가 제우스에게서 벼락을 맞아 죽었다. 가니메데스는 트로이의 미소년으로 그에게 반해 독수리로 변신한 제우스가 그를 납치해 천상으로 데려가 총애하며 신들의 술을 따르는 시종으로 삼았다.

**** 프랑스어로 '관능을 위한 교과서'

***** 니체의 《비극의 탄생》에 따르면 디오니소스는 혼돈과 생명력을 대표하고, 헬리오스, 즉 아폴론은 질서와 규준을 대표한다. 쿠즈민은 둘의 아버지인 제우스가 서로 상반되는 힘들을 하나로 묶는 형상을 제시하는데, 이러한 두 힘의 통합의 이념은 러시아의 시인이자 철학자 뱌체슬라프 이바노프의 상징주의 이론에서 핵심적이다. 이바노프는 그 생김새 때문에 '탑'을 뜻하는 '바시냐(башня)'라고 불리는 페테르부르크의 자기 아파트에서 문화예술모임을 열었다. 미하일 쿠즈민은 이 모임에 거의 항상 참석했고 형편 때문에 1909년부터 1912년까지 이 아파트에 살았다. 단언할 수는 없지만 이 수수께끼 같은 '제우스-디오니소스-헬리오스'의 형상에는 쿠즈민에게 여러 영향을 끼친 이바노프의 철학이 엿보인다.

그는 밤새 잠을 이루지 못하고 일어났다. 피곤했고 머리가 아팠다. 일부러 천천히 옷을 입고 얼굴을 씻었고, 창문의 가리개는 올리지 않았다. 그는 꽃이 꽂혀 있는 유리잔이 놓여 있는 책상에 앉아 천천히 적었다. '떠나세요.' 조금 더 생각을 하고는 똑같은, 그러나 아직 잠에서 깨지 않은 얼굴로 덧붙였다. '나는 당신과 함께 갑니다.' 그리고 거리로 난 창문을 열었고, 거리는 밝은 햇살에 잠겨 있었다.

옮긴이의 글

삶의 아름다움을 향한 소년의 날갯짓

제게 날개를 달아주셨습니다

1905년 10월 10일 무명작가였던 미하일 알렉세예비치 쿠즈민은 페테르부르크에 있는 알프레드 누로크의 집에서 대다수가 게이였던 '현대음악의 밤' 동인들에게 연작시 〈알렉산드리아의 노래〉와 소설 《날개》의 일부를 낭독했다. 지방 소도시 출신의 소년이 페테르부르크에 올라와 성 정체성을 깨닫는다는, 당대로서는 파격적인 소재의 소설은 열띤 토론을 불러일으켰다. 1906년에는 문예지 《천칭자리Весы》의 편집장이었던 상징주의 시인 발레리 브류소프 덕분에 잡지의 11호 지면 전체가 쿠즈민의 소설에 할애되었다. 아주 예외적인 일이었다. 1908년, 러시아 최초의 게이소설인 《날개》는 스코르피온 출판사에서 아름다운 표지와 함께 단행본으로 나왔고 쿠즈민은 '러시아의 오스카 와일드'라는 별명을 얻었다(비록 그는 이 별명을 싫어했지만).

쿠즈민의 눈부신 데뷔보다 더욱 마음을 사로잡는 두 가지 일화가 있다. 우선 익명의 독자가 보낸 감사의 편지를 읽어보자.

> 위대하신 분, 제 심장의 꽃, 이 장미 꽃다발을 받아주세요…… (…) 우선 《날개》를 읽으면서 제가 겪었던, 인생에서 아주 드문 순간들을 주신 데 마음 깊이 감사의 말씀을 올립니다. 실업학교 학생인 저는 환희감에 숨을 헐떡이며 장밋빛의 책을 들이켜다시피 했습니다. 저는 이 새롭고 고상한 이념을 몇몇 학우들에게 전파하기도 했는데요, 그들도 당신의 책을 읽고 돌풍과도 같은 환희에 휩싸였지요. (…) 당신께서는 제게 날개를 달아주셨습니다. 고맙습니다, 정말 고맙습니다…… 이제 저는 영혼의 탐색을 계속하기 위해 어떤 길을 가야 할지 알게 되었습니다. 이제 저는 '삶의 아름다움'으로 이끄는 믿음직스러운 길에서 결코 벗어나지 않을 것입니다……*

게이로 추정되는 실업학교 학생이 쓴 편지에는 자기 자신을 있는 그대로 받아들일 때 맛볼 수 있는 지극한 기쁨이 가득하다. "숨을 헐떡이며", "돌풍과도 같은 환희", "날개"라는 단어들이 강조하듯 그는 어두운 지상에서 공중으로 떠올라 삶의 아름다움으로 향하는 길을 나선다.

《날개》는 '벽장 속에' 숨어 살던 학생뿐만 아니라 현장에서 뛰고 있던 생활인들에게도 삶의 아름다움을 확인시켜주었다. 쿠즈민의 1907년 2월 27일과 28일자 일기는 이에 대한 일화를 전한다. 발렌틴이라는 이름의 전문 모델은 "녹색 벨벳 셔츠를 입고 주황색으로 물들인 머리에 베레모를 쓴 채" 쿠즈민을 찾아와 《날개》를 흥미롭게 읽었다며 자신의 성적 모험을 적은 수기를 건넸다. 쿠즈민은 통속적이고 폭로적인 언급들로 가득한 그 수기를 읽고 경악을 금치 못했다.** 발렌틴이 수기에 무엇을 적었는지 알 수 없지만 그가 쿠즈민의 소설에서 공명한 부분은 가늠해볼 수 있다. 그는 세신사와 남자 손님의 성행위가 문학의 소재가 되었다는 데 환호하지 않았을까? 육체의 아름다움으로 살아가는 그는 《날개》를 읽고 모종의 자부심을 얻지

* Письмо, датированное XXVIII / I 1908 // ЦГАЛИ С.-Петербурга. Ф. 437. Оп. 1. Ед. хр. 162. Л. 10-11. цит. по: Богомолов Н.А. Кузмин осенью 1907 года // Михаил Кузмин: статьи и материалы. М.: Новое литературное обозрение, 1995. С. 101.

** Кузмин М.А. Дневник 1905-1907 / предисл., подгот. текста и коммент. Н.А. Богомолова и С.В. Шумихина. СПб.: Изд-во Ивана Лимбаха, 2000. С. 326-327.

않았을까?

성 정체성을 인정하고 영혼의 탐색에 나서는 실업학교 학생과 육체의 기쁨을 당당히 누리려는 멋쟁이 모델 발렌틴. 삶의 아름다움으로 향하는 두 사람을 벗 삼아 《날개》를 읽어보자. 어느덧 성숙해져 영혼과 육체의 아름다움을 만끽하는, 젖살이 빠진 바냐의 얼굴이 보일 것이다.

루바시카를 입고 태어난 사람

성장하는 바냐의 모습을 보며 뿌듯함을 느끼기 전에 쿠즈민에 대한 동시대인들의 메모를 읽어보자. "집시처럼 생긴 그는 새빨간 실크 루바시카를 검은 벨벳 바지 밖으로 내어 입었고 신발은 러시아식으로 목이 긴, 광을 낸 장화였어요. (…) 어찌나 가볍게 통통 튀며 걸어가던지 춤이라도 출 것 같았어요."* "쿠즈민은 비단 기모노를 입고 부채를 부치며 손님들을 맞이한다…… 그는 볼가 강변 출신의 구교도다…… 그는 유대인이다…… 그는 밀가루 상점에서 점원으로 일했다…… 그는 이탈리아에서 예수교 학교를 다녔다."** 다양한 묘사들을 종합해보아도 그의 모습이 잘 그려지지 않는다. 사진이나 초상화를 봐도 엄청나게 큰 눈, 엄청나게 큰 매부리코 때문에 러시아인으로 보이지 않는다.

쿠즈민도 적극적으로 자신의 이미지를 만들어냈다. 심지어 태어난 해도 기록마다 다르다. 실제로는 1872년 10월 6일 야로슬라블에서 영락한 귀족 출신으로 태어났지만, 어떤 곳에서는 1875년에, 또 다른 곳에서는 1877년에 태어났다고 적은 것으로 보인다. 게다가 평소에도 루바시카에 폿돕카를 입고 다니는 바람에 그가 구교도라는 전설이 생겨났지만 쿠즈민을 발굴하고 평생 연구한 학자 니콜라이 보고몰로프에 따르면 그는 구교도였던 적이 없다.[***] 또, 처음에는 작곡가로 활동하다가 첫 시집 《그물》과 소설 《날개》의 성공으로 일약 문단의 스타가 된 그는 매일 다른 색깔의 조끼를 입고 온갖 공연의 초연, 전시회 개막식, 살롱을 드나드는 '댄디'로 이름을 날렸다.

팔색조의 매력을 지녔던 만큼 쿠즈민은 당대의 작가들과는 달리 특정한 유파에 속하지 않았다. 또래인 알렉산드르 블로크, 안드레이 벨리, 뱌체슬라프 이바노프는 상징

* Михайлов Е.С. Фрагменты воспоминаний о К.А. Сомове // Константин Сомов. Мир художника: Письма. Дневники. Суждения современников. М., 1979. С. 493. цит. по: Богомолов Н.А. "Любовь - всегдашняя моя вера" // Кузмин М.Стихотворения. СПб.: Академический проект, 1996. С. 6.

** Иванов Георгий. Стихотворения. Третий Рим. Петербургские зимы. Китайские тени. М., 1986. С. 366. цит. по: Там же. С. 8.

*** Там же. С. 15.

주의, 그보다 열 살 정도 어렸지만 함께 어울렸던 안나 아흐마토바, 니콜라이 구밀료프는 시어의 구체성을 강조하며 아크메이즘을 내세웠지만 그는 어디까지나 '미하일 쿠즈민'으로 남았다. 진지한 철학적 시를 쓰는가 하면 구밀료프가 '규방 시'라고 비난한 가벼운 읽을거리를 쓰기도 했다. 이처럼 쿠즈민은 어떤 프로그램을 내세우지 않고 작업한 결과 무려 열한 권의 시집, 아홉 권의 산문집, 열여덟 권의 일기장, 온갖 에세이와 번역을 남겼다.

스스로 동성애자임을 숨기지 않고 작품 속에도 그 정체성을 자유롭게 드러냈다. 화가 콘스탄틴 소모프, 세르게이 수데이킨 등과 연애해 페테르부르크를 떠들썩하게 했다. 또, 경기병이자 막 문단에 등장한 젊은 시인 프세볼로트 크냐제프와도 사귀었는데, 얼마 후 크냐제프는 수데이킨의 부인이 된 발레리나 올가 글레보바-수데이키나에게 연정을 품었다가 거절당하고 자살했다. 이처럼 세기 초의 자유로운 분위기 가운데 쿠즈민은 1913년 화가이자 작가였던 유리 유르쿤을 만나 페테르부르크 스파스카야 거리 (지금의 릴레예프 거리) 17/19번지 9호 아파트에서 죽을 때까지 함께 살았다. 그를 가리켜 아흐마토바는 이렇게 말했다. "그는 루바시카를 입고 태어난 사람*이 분명해요. 할 수 있는 건 다 하고 살았던 몇 안 되는 사람들 중 하나거든요. 그가 할 수 있었던 것들을 열거한다면 오늘날의 독자들은 머리칼이 쭈뼛 설 겁니다."*****

혁명 이후 소비에트 정부가 들어선 뒤로는 쿠즈민도 예전처럼 활발하게 창작하지는 못했다. 생계를 위해서는 외국 문학을 번역하거나 연극 공연을 위한 음악을 작곡했다. 1920년에는 돈을 벌기 위해 한정판으로 307부만 찍은 춘화 시집《커튼에 가려진 그림들》을 페테르부르크에서 출간했는데, 표지에는 출간지를 암스테르담으로 바꾸어놓았다. 1929년에는 기적적으로 소비에트의 검열을 뚫고 마지막 시집《송어가 얼음을 뚫는다》를 출간한다. 이 시집에는 동성애 테마, 온갖 형식적 실험, 신비주의 모티프 등이 넘쳐난다. 그야말로 그는 '루바시카를 입고 태어난 사람'이었던 것이다.

이후 1989년까지 쿠즈민의 책은 소련에서 출판될 수 없었다. 소련이 붕괴되고 1993년에 소비에트 스포츠Советский спорт 출판사에서 '내밀한 소설Интимный роман'이라는 세 권짜리 시리즈를 기획하여 쿠즈민의《날개》는 레오폴트 폰 자허-마조흐의《내 삶의 고백》, 앙리 드 레니에의 선집《죄악에 빠진 여인. 첫 열정》과 함께 출간된다.

*   관용적인 표현으로 행운아를 뜻한다.

**   Ахматова А.Соч.: В 2 т.М., 1990.Т.2.С.256.цит.по: Там же.С.32.

쿠즈민의 책 표지에는 두 명의 아기천사가 파스텔톤으로 그려져 있다. 또한 2008년에는 퀴어 잡지사이자 출판사인 크비르Квир에서 기획한 퀴어문학 시리즈 '어두운 가로수길Темные аллеи'에 포함되어 러시아 최초의 레즈비언 소설인 리디야 지노비예바-안니발의 《서른셋의 괴물33урода》(1906)과 함께 출간되었다. 쿠즈민의 책 표지에는 물놀이를 하는 듯한 벌거벗은 소년 세 명의 사진이 있다. 2017년에는 실험적 연극으로 유명한 모스크바의 '고골 센터'에서 시집 《송어가 얼음을 뚫는다》를 바탕으로 한 연극이 만들어지기도 했다. 무법지대에 가까웠던 1990년대에도, 오일머니를 벌어들이며 자신감을 회복하던 2000년대에도, 동성애 선전금지법이 맹위를 떨치고 있는 2010년대에도 쿠즈민의 전통은 이어졌던 것이다.

계속 이어질 여행길에 대해

'내밀한 소설'이라는 시리즈명, 벌거벗은 소년 세 명을 내세운 표지는 쿠즈민의 《날개》가 대단히 '외설적인' 소설일 거라는 인상을 준다. 그러나 쿠즈민에게 편지를 보낸 실업학교 학생, 쿠즈민에게 수기를 건넨 발렌틴을 떠올려 보면 결코 그렇지 않다. 한창 피가 끓어올랐을 학생은 소설에서 '삶의 아름다움'으로 가는 길을 찾았고, 전문 모델 발렌틴은 소설에 선정성이 부족하다고 여겼는지 '추가 자료'를 제시한다. 사실 오스카 와일드의 소설 《텔레니》의 적나라한 난교 파티 장면에 비하면 '러시아의 오스카 와일드'가 쓴 첫 소설은 상당히 얌전하다. '남색'을 가리키는 단어 '페데라스티야педерастия', 말 그대로 '남성과의 동침'을 뜻하는 단어 '무제로제스트보мужеложество'는 물론, 관련되는 단어가 소설에는 전혀 나오지 않는다.

그럼에도 불구하고 《날개》는 난잡한 소설이라는 혹평을 받았다. 몇 가지만 꼽아보자면, 〈발레 뤼스〉의 창설자 세르게이 댜길레프의 연인이기도 했던 드미트리 필로소포프는 쿠즈민의 소설을 가리켜 "전형적인 서구식 포르노그래피", "코닥 스냅샷 사진"*이라고 폄하했다. 또, 평론가 그리고리 노보폴린은 쿠즈민을 가리켜 "짐승과도 같은 행태를 이상화하는 데 보잘것없는 재능을 낭비한다"**며 비난했다. 사우나에서 이루어지는 남성간의 성행위에 대한 필로소포프와 노보폴린의 비난은 쉽게 예상 가능한 반응이

* Философов Д.В. Весенний ветер // Руская мысль. 1907. №12. C. 120. quoted in Malmstad, John. "Bathhouses, Hustlers, and a Sex Club: The Reception of Mikhail Kuzmin's Wings." Journal of the History of Sexuality, vol. 9, no. 1/2., 2000, p. 89.

** Новополин Г.С. Порнографический элемент в русской литературе. СПб.: Книжиный склад М.М. Стасюлевича, 1909. С. 157.

기도 하다. 하지만 1879년 제네바에서 출간된 《에로스 뤼스. 부인들은 읽으면 안 될 러시아 에로스Éros russe. Русский эрот не для дам》라는 제목의 시선집에 비하면 《날개》의 '난잡함'은 소박할 지경이다. 레르몬토프 등 러시아 시인들의 시가 실린 선집에서 알렉산드르 셰닌이 쓴 것으로 알려진 〈사관생도의 편력Похождения пажа〉은 읽으면서도 뒤에 누가 있지 않을까 돌아보게 될 정도이다.

한편, '안톤 크라이니'라는 남성 필명을 쓰고 남성 복장을 즐겨 입었던 시인 지나이다 기피우스는 쿠즈민의 소설을 가리켜 "경향적" 포르노그래피라고 부르며 다음과 같이 말했다. "쿠즈민의 작품은 뻔뻔한 망나니짓을 애써 장려해서 인간을 파괴하려 한다. 나는 남자가 남자와 자는 것을 이야기하는 소설의 존재에 대해, 또는 그 소설을 쓴 작가에 대해 아무런 반감이 없다. 그러나 나는 이 소설의 경향성, 자기만족으로 가득한 병적인 노출증에 대한 명백한 (비록 그것이 무의식적인 것이라도) 옹호에 대해서는 큰 반감을 품고 있다."*

경향성에 대한 기피우스의 지적은 곱씹어볼 만하다. 당시 문학계에서는 쿠즈민의 소설을 체르니셰프스키의 《무엇을 할 것인가》(1867)에 비교하곤 했는데, 어느 정도 당연한 일이기도 하다. 체르니셰프스키의 소설은 사랑과 혁명의 조화라는 이념을, 《날개》는 사회적 편견에 얽매이지 않는 진정한 자아의 발견을 지향하기 때문이다. 그러나 전자가 이상적인 사회의 모습을 그리는 유토피아 소설에 가깝다면, 후자는 "개성으로서의 주인공의 점진적 형성 및 자기규정, 사회에서의 자아실현 가능성의 탐색"**이 이루어지는 교양소설의 형식을 띠고 있다. 체르니셰프스키의 경향성이 이념의 이상적 실현을 제시하는 데 있다면, 쿠즈민의 경우 이념에 이르기까지 주인공은 방황하고 열린 결말 때문에 이념의 실현은 유예된다. 실업학교 학생의 편지에서 엿볼 수 있듯 쿠즈민의 소설은 독자로 하여금 주인공의 성장을 경험하게 하며 진정한 정체성을 회복하고 난 이후의 삶을 기대하게 만든다는 점에서 동성애자들로부터 환영받았던 것이다.

《날개》에서 교양소설의 형식은 작품을 관통하는 길의 모티프로 구현된다. 아무런 사회적 배경이 없는 고아 바냐 스무로프는 "이제는 아주 멀어진 '집'이라는 곳"을 떠나 기차를 타고 "잿빛" 페테르부르크로 향한다. 스무로프 Смуров라는 성姓의 어원이 '우중충한, 구름 낀'을 뜻하는

* Весы. 1907. №7. С. 63.

** Рымарь Н.Т. РОМАН ВОСПИТАНИЕ // Поэтика: слов. актуал. терминов и понятий / гл. науч. ред. Н.Д. Тамарченко. М.: Intrada, 2008. С. 218.

형용사 '스무리смурый'라는 점, 그리고 주인공의 이름이 러시아에서 가장 흔한 '이반Иван'('바냐'는 이반의 애칭이다)이라는 점은 소년이 백지상태에 가까울 정도로 개성을 결여하고 있음을 암시한다. 그런데 몰개성적인 시작점은 "계속 이어질 여행길"에서 일어날 무한한 가능성이 배태될 수 있는 바탕이 되기도 한다.

페테르부르크-바실수르스크-이탈리아로 이어지는 바냐의 '수업' 혹은 '편력' 덕분에 《날개》에는 "공동체에서 개인이 차지하는 위치의 탐색"*이 이루어진다는 의견도 있다. 그런데 쿠즈민의 주인공은 공동체에서 자신의 위치를 찾게 되는가? 지역과 공동체(페테르부르크의 중산층, 바실수르스크의 구교도 사회, 이탈리아의 교양계층)는 계속 바뀌는 가운데 그 각각에서 그가 구성원으로서의 위치를 차지한다고 말하기는 어렵다. 바냐는 페테르부르크에서는 아무것도 모르는 어린아이, 바실수르스크에서는 수도에서 온 도련님, 이탈리아에서는 러시아에서 온 잘생긴 소년에 불과하다. 괴테의 《빌헬름 마이스터의 수업시대》에서 주인공이 사회에서 자신이 할 수 있는 역할을 깨닫는 것과 달리 바냐 스무로프는 시트루프와의 여행에 동의할 뿐이다. 간단히 말해 《날개》에는 교양소설의 공식들 중 하나인 정착에 대한 전망이 없다.

수면을 따라 퍼져가는 동심원들

구체적인 사회에서 개인이 차지할 수 있는 위치를 탐색하는 대신 《날개》에서는 공동체에 의해 규정되지 않는 자기 정체성이 강조되는데, 이는 거울의 모티프를 통해 표현된다. 페테르부르크로 올라온 바냐는 거울 속에 비친 자기 모습을 바라보며 자신의 근원, 즉 '집'에 있었던 "소박하고 밝고 사랑스러웠던 모든 것"을 떠올린다. 또, 아무에게도 사랑받지 못하던 소년은 시트루프라는 사람이 자기를 좋아할 수도 있다는 것에 대해 처음 생각해보며 "거울에 비친 자신의 붉어진 얼굴, 회색 눈, 가느다란 눈썹을" 바라본다. 즉, 사회 속에서 결정되는 역할이나 위치가 아니라 자신과의 대면을 통해 '나는 누구인가'라는 질문에 눈뜨는 것이다.

거울의 모티프는 바냐의 두 번째 여행지인 바실수르스크에서도 나타난다. "바냐는 수면을 따라 퍼져가는 동심원들에 비쳐 흔들리는 자신의 훤칠하고 탄력 있는 몸을 바라보았다." 강물의 수면은 바냐가 자신의 육체를 인지하는 거울인 셈이다. 물놀이 하는 소년소녀들이 자신

* Bershtein, Evgeny, "An Egnlishman in the Russian Bathhouse: Kuzmin's Wings and the Russian Tradition of Homoerotic Writing." The Many Facets of Mikhail Kuzmin: A Miscellany. edited by Lada Panova and Sarah Pratt. IN: Slavica, 2011. p. 85

의 몸을 긍정하고 즐거워하는 장면은 쿠즈민의 춘화 시집 《커튼에 가려진 그림들》에 수록된 시 〈물놀이〉에도 잘 그려져 있다.

> 볕에 그을린 몸뚱이들은
> 장밋빛으로 둥글고
> 장미가 불을 지른 듯
> 근심 없이 붉다.
> 등, 물보라, 팔, 다리,
> 거품, 발뒤꿈치, 귀, 눈썹……
> 욕망도 불안도 없이
> 사랑이 너희를 지켜준다.*

그런데 《날개》에서 거울로서의 강물은 바냐에게 몸의 파괴 가능성을 일깨워주기도 한다. 나이든 여인에게 동정을 잃고 강물에 빠져 죽은 소년의 이름도 바냐인데, 동명이인 관계 덕분에 그는 주인공의 거울상으로 기능한다. 즉, 주인공 바냐는 강물이라는 거울에 비친 자신의 모습을 죽은 바냐에게서도 발견하고 육신의 덧없음에 전율한다.

이때, 아름다움의 원천이자 실존적 한계인 "전율 없이는 바라볼 수 없는 인간 몸의 근육과 관절들"은 그 자체로 아름다운 것이기에 사회적 코드로 재단될 수 없다. 구두장이 주세페가 이야기하듯 발가락이 여섯 개인 발도, 기이한 차림새의 늙은 탕자 기데티 백작도 모두 정당한 존재들로 인정된다. 흔히 '비정상'으로 여겨지는 사람들을 여행길에서 만나며 바냐는 하나의 내적인 지점, 즉 동성애자로서의 자기 정체성으로 향한다. 이처럼 공동체를 통해 매개되지 않고도 긍정될 수 있는 자기 자신이라는 이념이야말로 실업학교 학생이 편지에서 열광하며 외쳤던 '삶의 아름다움'인 것이다.

이러한 이념은 쿠즈민의 소설에서 독특하게도 번역과 원전의 관계에 빗대어진다. 페테르부르크의 여름 정원에서 호메로스를 읽고 있던 바냐에게 시트루프는 새로운 인간이란 모든 것을 직접 경험하는 자라고 이야기한다.

> 살과 피로 이루어진 인간, 웃을 줄도 찡그릴 줄도 아는 인간, 사랑하고 입맞추고 증오할 수 있는 인간, 혈관에 흐르는 피가 살갗에 비쳐 보이는 인간, 벗은 몸의 자연스럽고 우아한 아름다움이 깃든 인간 대신에 수공업자의 손으로 만들어진 영혼 없는 인형을 갖는 것, 그것이 바로 번역입니다. (…) 모든 단

* 미하일 쿠즈민, 〈물놀이〉, 《우리가 키스하게 놔둬요》, 사포 외 지음, 이성옥 외 옮김, 황인찬 엮음, 큐큐, 2017년. 79쪽.

어를 사전에서 찾아보면서, 그러니까 숲속의 덤불을 헤쳐나가며 읽다보면 지금까지 경험하지 못한 즐거움을 얻게 될 겁니다. 바냐, 내 생각에 이미 당신에게는 완전히 새로운 인간이 될 씨앗이 있어요.

편견에 사로잡히지 않고 인간의 모든 것을 있는 그대로 받아들이는 태도는 바냐가 셰익스피어의 작품을 힘겹게 원문으로 읽는 장면에서도 드러난다. 그는 작품의 절반도 채 이해하지 못하지만 동시에 육체의 기쁨을 상징하는 '붉은 루바시카'의 표도르를 떠올리며 환희감에 젖는다. "어떤 아름다움과 삶의 급류가 갑자기 그를 덮쳤고, 예전에는 한 번도 느껴보지 못한 친근한 것이, 오랫동안 보지 못했던 것이, 반쯤 잊고 있던 것이 안에서 되살아나 뜨거운 두 팔로 그를 안았다." 이 구절에서 '이해'와는 질적으로 다른, "숲속의 덤불을 헤쳐나가는" '경험'이 강조된다. 기존에 알고 있던 지식이나 전통에 기대지 않고 삶을 대면하는 것이야말로 "새로운 인간"의 자세인 것이다.

그렇다고 주인공들이 사회를 벗어나 자연으로 도피하는 낭만주의적 태도를 지닌 것은 아니다. 시트루프의 말을 들어보면 더욱 그렇다. "막상 도시에서는 자연의 가장 뛰어난 부분인 하늘과 물을 시큰둥하게 바라보면서 자연을 찾겠다며 몽블랑으로 떠나는 사람에게는 신뢰가 가지 않아요." 문제는 어디에 사느냐가 아니라 모든 사물을 어떤 방식으로 대하느냐에 있기 때문이다. 따라서 "우리는 헬라인들이다"라는 선언은 우리가 어디에 있든 헬라인처럼 "탐욕스러울 정도로 모든 것을 지각"하겠다는 맹세로 읽어야 한다. 그렇다면 쿠즈민의 '경향성'은 "자기만족으로 가득한 병적인 노출증"을 옹호한다는 데서보다는 삶에 대한 새로운 태도를 제시한다는 데서 찾아야 하지 않을까? 그러나 이 기이한 '경향성'은 특정한 도착 지점이 아니라 "삶의 아름다움"을 탐색하는 자세를 가리키는 것이기에 "아르고호의 선원들"은 계속 이어질 삶의 여행길을 기대하며 수면을 따라 미끄러져간다.

표도르 혹은 알렉산드르, 페테르부르크의 게이신gay scene

그렇다면 진정한 삶을 살겠다며 구교도들처럼 볼가 강의 암자로 숨어들지 않아도 된다. 시트루프의 말대로 도시에서도 "정말로 현대적인 인간"의 삶을 살 수 있기 때문이다. 러시아 제국의 수도에서 '새로운 인간'을 지향하는 시트루프는 어떤 삶을 살았을까? 수많은 시트루프들이 표도르들을 만났던 페테르부르크의 사우나에서는 어떤 일이 벌어졌을까? 쿠즈민의 1905년 12월 23일자 일기를 읽어보자.

저녁이 되자 나는 스타일도 다듬고 즐거움도 느끼고 몸도 깨끗하게 할 겸 사우나에 갈까 하는 생각이 들었다. (…) 나를 안으로 들여보낸 사람은 내게 세신사와 시트와 비누가 필요하다는 걸 눈치채고는 물었다. "여자 세신사를 보내드릴까요?" (…) "아니, 남자 세신사를 보내주시오." "잘생긴 사람으로 보내드리지요." 그가 나를 뚫어져라 쳐다보며 말했다. "그래요, 잘생긴 사람으로 부탁해요." (…) 세신사가 성큼성큼 거리낌 없이 들어왔고 거울에 비친 그의 모습만 보였다. 그는 키도 크고 몸매가 아주 좋았으며 작고 성긴 검은 콧수염에 밝은색 눈을 하고 있었고 머리칼은 거의 금발에 가까웠다. (…) 그는 나를 씻기면서 지나치게 바싹 붙어서는 조금도 부끄러워하지 않았다. 이런저런 시시껄렁한 이야기를 하다가 우리는 도둑들처럼 대화를 나누게 되었다. "이름이 어떻게 되시는지?" "알렉산드르라고 합니다……" "여기 오면서 나는 딱히 별 생각이 없었소." "다들 그렇습지요…… 지나가다가 생각나기도 하고요……" "지금 가진 돈이 별로 없는데…… 얼마면 되겠소?" 내가 말했다. "걱정하지 마십시오, 다음에 또 오시면 돈은 그때 주세요……" "외상을 준다고요?" "네, 그럼요……" "내가 돈을 떼먹으면?" "어쩔 수 없는 일이죠……" 나는 고민했다…… 그는 몰아붙였다. "어떻게 해드릴까요?" "흔히들 하는 대로……" "가랑이로 할까요, 손으로 할까요?" "가랑이로……" (…) 낯선 이의 키스는 무척이나 무정한 것이었지만 즐겁지 아니한 것도 아니었다. 그는 정말 잘생겼던 시절의 쿠스코프를 닮았는데 그 밝은색의, 약간은 취한 듯한 눈을 나에게 고정시키는 바람에 이따금 정신 나간 사람처럼 보이기도 했다. (…) 그는 작별 인사로 내게 키스했고 내가 그에게 악수를 청하자 깜짝 놀랐다. 그는 처음으로 얼굴이 새빨개져서는 "감사드립니다"라고 말하고 나를 배웅했다.*

다소 긴 인용문을 통해 표도르와 시트루프 사이에 있었을 법한 일을 추측해볼 수 있다. 당시 페테르부르크에서는 게이들의 만남이 꽤 활발하게 이루어지고 있었다. 소련 시절에는 '노동조합 불바르'라고 불렸다가 혁명 전 이름을 되찾은 '콘노그바르데이스키 불바르', 즉 기병근위대 불바르와 네바 강 건너편의 동물원에서는 은어로 '툐트카'**라고 불리는 게이들과 수병들이 밀회를 즐겼다. 또, 모스크바로 향하는 중심역인 모스크바 역 근처의 즈

* Кузмин М.А.Дневник 1905-1907.С.85-86.

** '툐트카(тётка)'는 영어의 aunt에 해당하는 단어 '툐탸(тётя)'의 지소형으로 auntie와 비슷한 의미를 지닌다고 할 수 있겠다.

나멘스카야 광장에는 같은 이름의 사우나가 있었는데, 이곳은 혁명 전 페테르부르크 게이들의 아지트였다.* 또, 개인 아파트에서도 심심치 않게 파티가 열렸고 참가자들은 크로스드레싱을 하거나 이성애자들의 결혼식을 패러디하기도 했다. 특히 군복을 입은 남자들은 팬들을 몰고 다녔다.** 붉은 넥타이나 주머니에 꽂은 붉은 손수건은 게이들의 트레이드마크로 여겨졌다. 콘스탄틴 소모프가 1909년에 그린 초상화에서 쿠즈민 역시 새빨간 넥타이를 매고 있다.***

신기하게도 《날개》에는 페테르부르크의 게이 문화에 대한 묘사가 거의 없다. "시큼한 양배추수프의 썩은 냄새"가 풍기는 "심비르스카야 거리, 36번지, 103호, 가구 달린 방"에서 바냐가 엿들은 표도르와 귀족 나리와 바시카의 일화가 전부다. 교육받은 게이 '나리'들은 온갖 시를 읽고 포르테피아노의 반주에 맞춰 노래를 부르고 인간 본성에 대한 고담준론을 나눈다. 그들의 사랑은 하드리아누스와 안티누스, 아킬레우스와 파트로클로스 등 신화적 인물들의 사

* Healey, Dan. *Homosexual Desire in Revolutionary Russia. The Regulation of Sexual and Gender Dissent*. The University of Chicago Press, 2001. pp. 32-33.

** Ibid. p. 46.

*** Ibid. p. 40.

랑에 빗대어진다. 실존주의적인 단편적 글쓰기로 유명한 바실리 로자노프는 게이 사우나의 풍속과 고전 문화 사이의 간극을 다음과 같이 지적한다.

> 아마도 제목을 (…) '시큼한 양배추수프'라고 붙이는 편이 나았으리라. 양배추수프 냄새가 풍기는 사우나에서 '귀족 나리와 세신사의 장난질'이 행해지고 바로 그것 때문에(!!!) 안티누스와 하드리아누스가 언급된다. (…) 분명 하드리아누스와 안티누스도 이 혐오스러운 세신사와 사우나에서 벌어지는 모험 때문에 속이 메스꺼워졌으리라.*

게이 사우나에 대한 이야기라고 해서 하드리아누스와 안티누스의 일화를 함께 언급하지 말란 법은 없다. 다니일 이바노비치가 말하듯 "모든 인간은 생리적 욕구가 있지만 이 사실이 누구의 품격도 깎아내리지" 않기 때문이다. 그런데 《날개》에서 페테르부르크 게이신이 고급문화로 포장되어 있다는 점은 여러 가지 질문을 불러일으킨다. '육체노동'을 하는 전문 모델 발렌틴은 왜 굳이 쿠즈민을 찾아가 자신의 성적 모험이 담긴 수기를 전달했을까? 그는 고풍스럽게 꾸민 거실에 모여 손톱을 다듬으며 고전에 대해 토론하는 게이 '나리들'을 보며 어떤 생각을 했을까? 쿠즈민이 페테르부르크 게이신의 '생리적' 측면을 세세하게 묘사했더라면 그의 낭독을 들었던 '예술' 게이들은 과연 열렬한 찬사를 보냈을까?

우리는 헬라인이다

이 질문들은 '우리는 헬라인이다'라는 선언이 함의하는 자기 정체성의 몇 가지 문제들과 관련된다. "탐욕스러울 정도로 모든 것을 지각"하려는 자세, 원전으로서의 삶을 읽어내겠다는 태도는 유독 고급문화의 외피를 입은 남성 동성애자들에게만 부여되어 있다. 이때, 이들의 이념은 다른 계급, 다른 성 정체성들을 배경으로 하여 다소 특권적인 것으로 도드라진다.

우선 《날개》의 '헬라인'들과 농촌에서 올라온 청년들의 격차가 눈에 띈다. 줄거리만 두고 봤을 때, 인물들은 자신보다 낮은 계급의 사람들과 성적 욕구를 해소한다. 지나치게 계급갈등이라는 틀에서 작품을 바라보는 것 같긴 하지만 당시 좌익 진영의 평론가들은 《날개》에서 "프티 부르주아 개인주의", "상류층 신사와 그의 성적 희생양인 농촌 청년 사이의 비도덕적 관계" 등을 읽어냈다. 그들은 쿠즈

* Розанов В.В. [Maestro] То же, но другими словами // Золотое руно. 1907. №1. С. 56.

민의 소설이 "사우나라는 소우주 안에서 계급 간 남성 매춘을 통해 구현된 착취, 지금도 존재하는 착취의 형태들을 영속화할 것"*이라고 보았다. 그들의 관점에서 쿠즈민의 '헬라인'들은 노예제의 바탕 위에 번성했던 고대 그리스의 악습을 재현하는 지배계층일 뿐이다.

여성 인물들을 그리는 방식도 대단히 문제적이다. 그들은 대체로 불행하고 고통받는다. 시트루프를 좋아하지만 외면당하는 나타, 역시 시트루프의 사랑을 얻지 못해 자살하는 이다 골베르크, 자신보다 한참 어린 바냐를 사랑하지만 그로부터 '역겨운 여자'라는 말을 듣는 마리야 드미트리예브나, 사랑하는 남자를 빼앗기는 안나 블론스카야. 몇몇 여성 인물들은 사악하기까지 하다. 물에 빠져 죽은 바냐를 덮쳤던 "어떤 더러운 여편네", "방탕한 루살카의 눈"을 가진 베로니카 치보. 쿠즈민의 소설이 여성과의 관계는 무조건 거부하고 남성 간의 사랑만 순수한 것으로 예찬하는 것은 아니다. 삶과 욕망의 다채로운 측면들을 긍정해야 한다는 소설의 기본 이념은 흔들림이 없다. 그러나 남성 간의 우아한 사랑이 부정적인 여성 이미지와 대비되면서 부각되는 것은 사실이다.

《날개》에서 그려지고 있는 남성 동성애는 어느 순간부터 하층계급과 여성은 범접할 수 없는 이상적인 경지로 그려진다. 푸코의 말을 빌리자면, 시트루프와 바냐의 사랑은 "우주적이자 개인적인 사랑의 힘, 인간이 직접적 필요성에서 벗어나는 것을 가능케 하는 상승운동, 우애의 강도 높은 형태, 은밀한 관계를 통한 지식의 획득과 전달"** 을 재생산하는 담론에 속하는 것으로 보인다. 이는 쿠즈민의 연작 〈알렉산드리아의 노래〉 중 세 번째 시에서 아주 잘 표현되어 있는데 소설의 마지막에서 "카시네의 가장 오른쪽 길을 따라 걸으며" 산책하는 바냐와 시트루프의 모습이 절로 떠오른다.

> 나 얼마나 사랑하는지, 영원한 신들과
>
> 아름다운 세계!
>
> (…)
>
> 즐거운 산책을 마치고
>
> 저녁 늦게
>
> 첫 별이 뜰 때
>
> 이미 불 밝힌 호텔들을 지나
>
> 이미 멀어져간 친구와 함께

* Healey, Dan. *Homosexual Desire in Revolutionary Russia. The Regulation of Sexual and Gender Dissent*. p. 106.

** 미셸 푸코, 《성의 역사 3. 자기 배려》, 이혜숙·이영목 옮김, 나남, 2018, 248쪽.

집으로 돌아가는 길!*

고전 지식에 해박한 이다 골베르크는 시트루프와 함께 여름 정원을 거닐며 "아름다움에 대한 대화"를 나눈다. 그러나 전문 모델 발렌틴 혹은 베로니카 치보가 그와 함께 '알렉산드리아의 노래'를 부르는 것은 상상하기 어렵다. 쿠즈민이 강조하는 매개되지 않는 원전으로서의 삶의 아름다움을 누리기 위해서는 고대 그리스어나 라틴어를 알아야 하고 "선명한 녹색을 배경으로 암적색의 목신들이 화환 모양으로 춤을 추는 침실"에 초대받아야 할지도 모르겠다.

어디로 날아가야 합니까?

쿠즈민에게 감사 편지를 보냈던 실업학교 학생의 편지로 돌아가보자. 그는 앞에서 인용된 부분에 이어 서글픈 마음을 표현한다.

그러나 주변은 온통 어둠뿐이고 먼 곳 어딘가에서 수탉이 노래하고 있지만 새로운 여명의 아침은 저토록 멀리 있습니다. 그날이 오려면 아직 멀었습니다. 아주 멉니다. 저 혼자서는 갈 수 없습니다. 날개를 펼 수도 없습니다. (…) 당신께서는 저에게 날개를 주셨는데, 도대체 어디에 그 매혹적인 먼 곳이 있습니까, 어디로 날아가야 합니까? (…) 당신은 도달할 수 없는 먼 곳에 계신 것 같습니다. 당신은 사라져가는 지평선 위 달빛에 휩싸인 모습으로만 보이십니다……

당신으로부터 멀리 있는 사람 올림**

실업학교 학생이 토로하는 막막함은 쿠즈민이 결코 해결할 수 없는 문제였을 것이다. 쿠즈민이 '황금시대'로 여기는 시공간은 구체적인 사회가 아니라 '우리는 헬라인이어야 한다'는 정언명령만 존재하는 일종의 진공 상태이기 때문이다. 따라서 시트루프와 바냐의 다음 여행지가 정해져 있지 않은 것도 당연하고, 바로 그 막연한 설정에서 느꼈을 실업학교 학생의 답답함도 당연하다. 그보다 쿠즈민으로부터 훨씬 더 "멀리 있는 사람"들인 우리가 목도할 수 있는 쿠즈민의 한계도 당연하다.

그러나 이런 막다른 골목들에도 불구하고 쿠즈민의 작품은 그 가치를 잃지 않는다. 이 소설은 성 정체성을 다룰

* 미하일 쿠즈민, 〈알렉산드리아의 노래 3〉, 《우리가 키스하게 놔둬요》, 90-91쪽.

** Письмо, датированное XXVIII/I 1908 .. цит. по: Богомолов Н.А. Кузмин осенью 1907 года. С. 102.

때 마주칠 수 있는 문제들을 드러낸다는 점에서 탐독할 만하다. 오히려 문제들의 명확한 해결책을 제시했다면 쿠즈민의 소설은 체르니셉스키의 소설《무엇을 할 것인가》가 아니라 레닌이 쓴 동명의 정치팸플릿《무엇을 할 것인가》(1902)에 빗대어졌을 것이다. 정답을 손안에 넣기 위해서가 아니라 문제를 감각적으로 느끼기 위해 소설을 읽는다고 하면《날개》는 충분히 자기 몫을 해내고 있는 것 아닐까?

애교 넘치고, 바보 같고, 귀엽고, 정겨운 분들

언어, 시대, 문화의 장벽 너머 "멀리 있는 사람"들인 우리는 시트루프의 말처럼 쿠즈민의 원전을 "숲속의 덤불을 헤쳐나가"듯 읽을 수 없다. 그 느낌을 조금이라도 모방해볼까 싶어 1999년에 출간된 산문집이 아니라 1906년《천칭자리》11호에 실린 최초의 판본을 번역 저본으로 삼았다.

이 잡지를 펼쳐보면 표지 다음에 바로 본문을 디자인한 사람들에 대한 정보가 적힌 면이 나온다. 그 모양새가 매우 아름다워 그들의 이름을 읽지 않을 수 없다. 쿠즈민의 열광적인 팬이 되어 이후에도 그의 책들을 만들어준 니콜라이 페오필락토프가 그린 표지에는 그리스신화의 남신으로 보이는 긴 다리의 인물이 흰 천을 아무렇게나 걸치고 무릎에 리라를 얹고는 비스듬하게 서 있다. 포도송이를 머리에 뒤집어쓴 듯한 에로스는 역시 긴 다리에 비해 앙증맞은 날개를 달고 남신에게 화관을 바친다. 그리고 본문의 디자인을 맡은 E. 나델만은 영화 장면들처럼 파편적으로 이어지는 소설의 구성을 강조하기라도 하듯 장과 장 사이에 당초무늬, 꽃무늬, 사슬무늬로 장식된 두꺼운 선을 넣었고, 각 부가 시작되고 끝날 때마다 고대 그리스 도자기에서 볼 법한 삽화들을 배치했다.

여기에는 당연히 1918년 철자법 개혁 전에 쓰이던 러시아어 알파벳들, '예르(Ъ, ъ)', '야티(Ѣ, ѣ)', '이(I, i)' 등이 쓰였다. 인쇄술이 좋지 않아서인지 문장부호가 불분명한 것들도 많았다. 게다가 낯선 철자법 때문에 정신이 혼미한 나머지 '흰빵(불카)'을 '핀(불라프카)'으로 옮긴 적도 있는데 편집자가 바로잡아주었다. 이런 경우가 한두 가지가 아니었다! 편집자가 아니었다면 원문의 숲을 헤쳐나가기는커녕 사방의 뿌리에 걸려 넘어져 실종되고 말았을 것이다. 감사의 말을 전한다.

끝으로 쿠즈민의 첫 시집 《그물》의 서시序詩 〈나의 선조들〉의 마지막 구절을 인용하며 오랜 세월 동안 목소리를 내지 못했던 이들, 목소리를 내기 위해 고군분투했던 이들을 떠올려본다. 지금 이곳에서 용기 있게 목소리를 내는 이들, 묵묵히 응원하는 이들도 떠올려본다.

당신들 모두, 모두 —

긴 세월 침묵하셨는데,

이제는 수백 가지 목소리로 외치시는군요,

죽었지만 살아 있는 분들,

바로 저, 막내에다 별볼일 없어도

당신들을 위한 혀를 가진 이 몸 안에,

피 한 방울 한 방울

당신들께 다가가

당신들께 귀 기울이고,

당신들께 사랑을 바칩니다,

애교 넘치고, 바보 같고, 귀엽고, 정겨운 분들,

이제는 저의 축복을 받으셔요,

그동안 침묵으로 축복 주셨으니.

2021년 11월

이종현

옮긴이 이종현

서울에서 태어나 러시아문학을 공부했고 모스크바에서 20세기 러시아 서정시에 대한 박사 논문을 쓰고 있다. 서교인문사회연구실 회원으로 웹진 〈인-무브〉에 20세기 후반 러시아 시를 번역하고 소개하는 〈러시아 현대시 읽기〉를 연재 중이다. 역서로는 《끝의 시》, 퀴어시선집 《우리가 키스하게 놔둬요》(공역)가 있다.

날개

2021년 11월 18일 초판 1쇄 발행

지은이　미하일 쿠즈민
옮긴이　이종현
펴낸곳　큐큐
펴낸이　최성경
편집　김지연

출판등록　제2018-000043호 2018년 6월 18일
주소　(04003) 서울시 은평구 갈현로5길 5-11, 3층
팩스　0303-3441-0628
이메일　qqpublishers@gmail.com
ISBN　979-11-91910-02-5 03890

책값은 뒤표지에 있습니다.
잘못된 책은 구입하신 서점에서 바꾸어드립니다.

Крылья

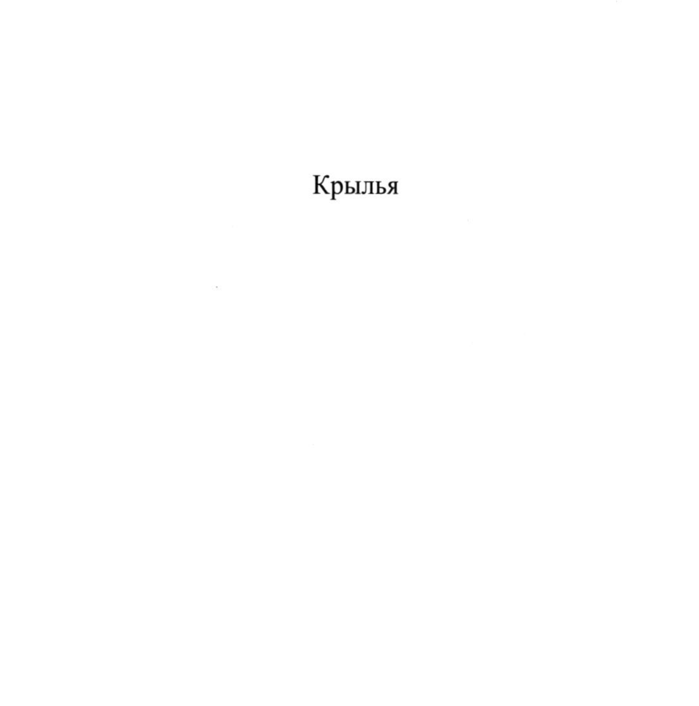